大江戸コボルト
ー幻想冒険奇譚 江戸に降り立った犬獣人ー
著 風楼
画 はてなときのこ

目次

Oedo Kobold

登場人物紹介

■犬界狼月■

若くして将軍直属の
御庭番を務める青年。
相棒のポチとともに
暮らしている。
剣の腕は一級品。

■ポチ■

狼月の相棒で、ともに
御庭番を務めるコボルト。
読書家で観察力が高く、
狼月をうまく
サポートしている。

■徳川吉宗■

江戸幕府第八代将軍。
将軍とは思えない飄々とした
言動の人物。先進的な視点を
持ち、世界をより良いものに
するために異界迷宮の
調査に乗り出す。

■ネイ■

『よろずや 溢澤』の
女店主。廃業寸前の店を
五年で立て直した
やり手の商売人。
狼月の昔なじみ。

序章――大江戸の日々

朝、陽の光を感じて目覚めて、目の辺りを手のひらでぐいぐいと撫でたなら、寝惚けた頭と身体を無理矢理に起こしての着替えだ。

寝間着を脱ぎ捨て、鍛錬用の赤色の長襦袢に袖を通し、しっかりと腰紐を縛り、足袋は……まぁ、履かなくても良いだろう。

枕元の愛刀をわっしと摑み、腰紐に差したなら蚊帳の外に出て寝室の外に出て、縁側を通って井戸へと向かう。

井戸の側に置いてある桶へと水を汲み、顔を洗い、髭をそって、適当に伸ばした髪をただ縛っただけのちょんまげを整える。

そうして人前に出てもまぁまぁ問題ねぇであろう格好になったなら、歯を磨いて口を濯いで厠を済ませてから、庭の向こうにある道場へと向かう。

この太平の世に鍛錬をしているなどというと、笑う人も多いがそれでも俺は御庭番だ、毎朝の鍛錬を欠かす訳にはいかねぇだろう。

「何を言っているのですか、そんなのただの建前でしょう？　狼月《ろうが》さんは体を動かすことと、刀を振るうことが大好きで仕方ないだけではないですか」

いつの間にそこに居たのか、足元から親友の声が聞こえてくる。

「いきなり現れて人の心の内を読むんじゃねぇよ」

「……いや、普通に声に出していましたよ？　朝から一人で何をやっているのだろうと、正直ちょっと引きました」

「……そうか」

親友とそんな言葉を交わしながら道場へと向かい、親友が道場の隅に座って本を読み始める姿を眺めながら、腕を振って脚を振って首を振って……体を温め柔らかくし、鍛錬の為の準備を整える。

布団の中で硬くなっていた体を十分に解したなら、朝餉が出来上がるまでの間を鍛錬に費やす。

刀を振り、何十何百と振り、重しを持ち上げ、両足を交互に振り上げ、道場の梁で懸垂をし……

今日は体調が良いので道場内を駆けて回る。

そうやって朝餉が出来たとの報せが届くまで鍛錬を続けるのがいつものこと……だったのだが、
今日はなんとも珍しいことに道場に用などねぇであろう妹、十歳になるリンが顔を見せる。

「お兄ちゃん！　ぽっちゃん！　宿題するのを忘れちゃってたから手伝って……!!」

薄青色の雪華模様の着物に身を包み、腰まである三編みを揺らしながらそう言ってくる妹に、俺が呆れ顔を返していると、ぽっちゃんと呼ばれた親友が、ぽふぽふと床を叩いて、こちらに来いと無言で示す。

そうして妹が抱いていた宿題帳を見やった親友は、

「歴史ですか」

と、一言呟いてから宿題帳を受け取って開き、宿題の範囲を調べ始める。

「……リンさん、アナタもこの大江戸に住まう身なのですから、名君綱吉《つなよし》公のことは諳《そら》んじるくらいでないといけませんよ。

今の真なる太平の世は、全て綱吉公の功績と言っても良い訳で――」

どうやらリンに出された宿題というのは第五代将軍、徳川《とくがわ》綱吉公について調べろだとか、書き記せだとかいう、そういう内容であったようだ。

綱吉公を好いているというか、尊敬しているというか、愛していると言っても過言でねぇ親友にその宿題を手伝わせようとするとは……我が妹ながらなんとも無謀というか、考えなしにも程があるぞ、と呆れ果ててしまう。

「良いですか、戦国の気風を嫌い、学問と徳を重んじた五代将軍綱吉公は――。

人を愛し、人以外の生命全てを愛し――。

そうやって綱吉公は天和《てんな》の治と称えられる善政を――」

ああ、始まった。始まってしまった。

アイツの綱吉公語りは一度始まると、地震や雷でも止めることが出来ねぇんだ。

明らかに宿題の範囲を超えているだろうその語りに、リンもただただ呆然としてしまっている。

「――――そんなある日のこと、江戸城下の上空が突如ひび割れて……そこから犬の姿をした異界の住人、コボルトが降って来たのです。

大きく器用な手を持つ犬が二本脚で立ったような、そんな姿で粗末な麻服を身につけていたコボルト達は、突然のことに呆然とし、混乱してしまっていました。

そしてそれは江戸の庶民達も同様で、突然目の前に現れた物《も》の怪《け》同然の姿をしたコボルト達を前にして呆然とし、唖然とし……そうして大混乱へと陥ったのです。

中には刀を持ち出して斬りかかろうとする者までいましたが、そこで人々は思い出したのです……綱吉公が犬を深く愛していたことを!!」

説明している内に感極まってきたのか、その腕を振り上げて大声を張り上げる親友。

リンはそんな親友の大演説をうまく聞き流しながら、親友の手から取り戻した宿題帳に無心無言で鉛筆を走らせている。

「この犬に似た何かを害してしまったら、将軍の怒りに触れてしまうかもしれない！

そう考えた庶民達は、怯えて縮こまるコボルト達に対し、何もしないで様子を見ようという判断を下したのです。

怯えるコボルト達は訳が分からないまま縮こまり続けて、江戸の庶民達は様子を見続けて……。

そうこうしているうちに江戸城の綱吉公の下に、コボルト達に関しての報告が届けられ……仔細を確認した綱吉公は『なんと愛い姿か』と喜び、ただちにコボルト達を保護せよとの命を発しました!!」

くわりと目を見開き、その手についた肉球を高く掲げて、茶色い毛に覆われた尻尾《しっぽ》を振り回しながら親友は尚も熱く語り続ける。

「そうしてコボルト達は幕府による手厚い保護を受けることになり、コボルト用の家屋敷が用意されて……そこでの生活が始まり、その中でコボルト達についての調べが進み、当初はわふわふと吠えているだけだと思われたコボルト達が、何らかの言語を発していることが判明したのです！

そのことを知った綱吉公から直ちにその言語の解読をせよとの命が発せられ……解読が進み、言葉が通じるようになり、綱吉公とコボルト達との交流が盛んに行われるようになり……そうやって僕達コボルトは、江戸の民として受け入れられることになったのですよ！　ああ、流石は名君綱吉公です!!」

もはや綱吉公の話をしているというよりも、コボルトの話をしているだけになっているが……もう話も終盤に差し掛かっていることだし、好きにさせておこう。

「それから時が流れてコボルト達が江戸に馴染み、江戸がコボルト達に馴染んだ頃、再び江戸城下上空がひび割れました。

二度目のひびからはエルフ達が現れて……それを見た庶民達は『なんだまたか』とコボルト達の時と同様の対応をし、三度目のドワーフが現れた際にも同様の対応をしました。

突然こちらにやってくることになったエルフやドワーフ達は、当然のように警戒心を顕にしていましたが、異邦人を前にして全く敵意を見せず、それどころか自分達の世界のコボルト言葉を口にしながら、友好と交流を求めてくる人々を前にして……次第に警戒を解いていきました。

あちらの世界ではあまり良い扱いをされていなかったコボルト達が、当たり前のように人々の隣にあり、人々と馴染みきっていたこともその警戒心を解くのに一役買ったとされています。

そうしてエルフとドワーフという新たな友人を得た江戸の世は、彼らの技術と知識を吸収することで、異界文明開化と呼ばれる改革期を迎えることになったのですよ！！！」

両手を振り上げて、尻尾をぴんと力強く立ててそう叫んだ親友……唐紅の浅葱色の模様の入った上着と、紺色のコボルト用のたっつけ袴を身にまとった茶色コボルトのポチに俺は、

「リンならもう宿題を終わらせて、母屋の方に行っちまったぞ」

と、そんな声をかけてやるのだった。


折角熱く語っていたのに、最後まで聞いて貰えなかったと知って、立てていた尻尾と頭の上の耳をぺたんと垂らすポチ。

そうして道場の中に静寂となんとも言えねぇ空気が充満していく中……小さな足音がトタタタッと母屋の方から響いてくる。

「朝ごはんが出来たよ～！」

「美味しいご飯の時間だよ～！」

「今日は鰺の干物と、お野菜の漬物、コボルトクルミの甘露煮、ジュンサイのお味噌汁だよ～」

そう言いながらポチそっくりの姿でポチそっくりの着物を着た三人のコボルト……ポチの弟であるポールと、妹のポリー、ポレットが道場に駆け込んでくると、ポチの尻尾にぐぐっと力が込められていく。

大好物のクルミの名前を耳にして、落ち込む気持ちよりも喜びの感情が勝ったのだろう、尻尾が左右に振り回され始めて、耳がピンと立ち上がる。

それを見た俺は振り回していた刀を鞘に納めてからポチの近くにしゃがみ込み、ポチの頭をぐしぐしと撫でてやる。

「良かったじゃねぇか、今日はコボルトクルミが出るってよ！」

ポチが特に好む撫で方をしてやりながら、そう声をかけると、ポチはその尻尾を激しく振り回しながら……半目でもって俺を睨みつけてきて、

「汗臭過ぎるにも程があるので、食事の前に水浴びして来てください」

と、持ち前の少年のような声をなんとも低く、太くしながら言い放つのだった。

それから水浴びを済ませ、動きやすい肌に張り付く下着を着て、その上に青藍の着物を羽織り、紺色の袴を穿いて、そうしてから母屋の居間へ向かうと、囲炉裏を囲う形で膳が並べられていて、

そこにこの屋敷で暮らす全員が顔を揃えていた。

古めかしい剃り頭ちょんまげで、纏め柴家紋の入った道着姿の俺の親父と、長い髪を櫛で簡単にまとめた小袖姿の俺のお袋と、道着姿のポチの父と、花柄着物のポチの母と。

宿題を終えてほくほく顔のリンと、親父とよく似た道着姿の弟弥助《やすけ》と……ポチと、ポール、ポリー、ポレットの仲良し兄妹達。

犬界《いぬかい》家とポバンカ家が勢揃いしたその席へと、俺がどかんと腰を下ろすと『いただきます！』との声が一斉に上がり、そうして朝食の時間となる。

まずは味噌汁をがぶりと飲んで、ジュンサイの食感を存分に楽しみ……漬物を摘んだら、クルミの甘露煮を一粒だけ噛み砕く。

そうしてからなんとも良い匂いをさせている鯵の干物へと箸をつけて、ほかほかと湯気を立てている白米を楽しんでいると、隣の席のポチが俺の膳の……クルミの積まれた小皿をじぃっと見つめてくる。

何も俺のクルミを睨まなくても自分のクルミを食えば良いじゃねぇかとポチの膳へと視線をやると、そこには空となった小皿があり……おいおい、もう食べちまったのか。

いつもなら白米と一緒に楽しむはずのクルミを真っ先に食べ尽くしてしまって、なんとも侘びしくなってしまった膳がどうにも耐えられねぇらしく、じぃっと……凄まじいまでの熱視線でもって俺の膳を睨んでくるポチ。

そんなポチの熱視線に負けた俺は「仕方ねぇなぁ」とため息を吐いてから、小皿を摘み、ポチの膳の上に置いてやる。

するとポチは尻尾を激しく振り回しながらクルミと白米を堪能し始めて……俺とポチ以外の皆から小さな笑い声がくすくす、あははと上がる。

そんな笑い声に包まれながら、膳の上に並ぶ料理を一つ一つ、ゆっくりと堪能していって……そうして膳が空になる頃、今日のお茶係の弥助とリンが全員分のお茶を用意してくれて、茶碗へと注いでくれる。

満腹になった腹を撫でながらがぶりと良い渋さのお茶を飲んでいると……胡乱《うろん》げな目をした親父が声をかけてくる。

「狼月、今日もお前は自宅待機か？　……折角、二十歳という若さで吉宗様直属の御庭番になれたというのに、なんっとも冴えない話だな」

親父なりに俺を心配しての力の込もったそんな言葉に、俺はお茶をぐいと飲み干してから声を返す。

「いや、今日は登城だ。吉宗様直々の命があるとかで……もうちょいしたら出かけるよ」

俺がそう言い終えた瞬間、囲炉裏を挟んで向こう側に座る親父が、飲みかけていた茶をぶはっと吹き出して、囲炉裏の灰がぶわりと舞う。

「げっほ!?　おいおい、囲炉裏に向かって噴き出すんじゃねぇよ!?」

灰をもろに食らった俺がそんな声を上げて、他の皆が迷惑そうな顔をする中、親父は泡を食ったような態度で声を荒らげてくる。

「お、お前というやつは、そんな格好で吉宗様にお目にかかるつもりなのか!?

登城するのであれば裃《かみしも》姿に着替えんか、この馬鹿者が!!

お、おい、すぐにタンスからこいつの裃を……い、いや、儂が取ってくる!!」

そう言って居間を駆け出ていく親父を、皆は「またか」と、そんな態度で見送る。

「……今時分に裃なんて着るのは老中くらいだろうに。親父は相変わらずだなぁ」

立膝に肘をつき、その手を枕に顔を預けた俺がそう言うと、俺以外の皆が同時にうんうんと頷いて……それを合図にして立ち上がり、それぞれのすべきことをし始める。

膳を片付けて、井戸に向かって歯を綺麗に磨き、厠に行く者は厠に行き、家事をする者は家事をし、出かける者はその支度をする。

そうして支度を整えた俺とポチが、玄関で羽織に袖を通し始めても尚、親父は箪笥の奥の奥に押し込められた裃を探しているようで……親父の絶叫に近い悲鳴が屋敷の奥から響いてくる。

そんな悲鳴をしばしの間ぼんやりと聞いていた俺とポチは、顔を見合わせてから頷き合い……面倒なことになる前に出かけるかと、草履をつっかけて、屋敷を後にするのだった。

屋敷を出て、雲ひとつねぇ春の青空を眺めながらざしざしと土道を歩いていって……少し経った頃、てしてしと素足で地面を蹴るポチがこっちを見上げながら声をかけてくる。

「どうします？　今日は馬車で行きます？」

そう言いながら馬車専用道にある停留所の方を指差すポチに、俺は首を左右に振って声を返す。

「いや、余裕もあることだし歩いていこうぜ。馬車道はどうにもなぁ、埃っぽいのが嫌なんだよ」

「あー……あちらは馬車が絶え間なく行き交っていますからねぇ。

いくら石畳舗装されてるとはいえ、どうしても埃が立ってしまいますよねぇ」

「それによ、楽しいぜ、こっちの道を歩くのは。のんびりと行き交う人がいて、噂話や商売話に花を咲かせる人がいて……並ぶ屋台を冷やかすのも最高だ」

そんな会話を交わす俺達の前に広がっているのは江戸城大手門へと続く、大街道の光景だ。

家が二軒か三軒か入ってしまうような広い道に、数え切れねぇ程の屋台が並び、行き交う人々がおり、立ち止まって言葉を交わす人々がおり……時たま元気に駆け回る子供達の姿なんかも見ることが出来る。

皆が笑顔で、楽しそうで、平和で……これこそが太平の世だと言わんばかりの光景が広がっている。

そんな光景の端から端までを眺めながら、賑やかな空気を胸いっぱいに吸い込んで堪能していると、ポチは何も言わずに付き合ってくれて……そうして二人で無言のまま、のっしのっしと大街道を進んでいく。

俺達が無言でも大街道は十分過ぎる程に賑やかで……賑やかな声に引っ張られて右へ左へと視線を揺らしていると、大街道脇の店蔵と店蔵に挟まれた小道から、騒がしい声が響いてくる。

「御用だ、御用だ、御用だー！」

「同心コボルトのお通りだー！」

「神妙にお縄につけぇーい！」

そんな声に追いやられて、一人の大柄な……いかにもごろつきといった風体の男が小道から駆け出て来て、そいつを追いかけているらしいコボルトが三人、姿を見せる。

コボルトに合わせた大きさの十手を握りしめ、着流しに巻き羽織を身に纏い、猛然と駆けるコボルト達を見て、大街道の人々がなんとも楽しげな声を上げ始める。

「おおっ、捕物だ！」

「あの野郎一体何をやらかしやがった！」

「同心共ー！　悪人を逃がすんじゃねぇぞー!!」

そんな人々の歓声に背を押されたコボルト達は、どんどんと加速していって……そうして男に向けて声を張り上げる。

「観念しやがれ、食い逃げ犯め！」

「一杯の蕎麦なんざぁ、半日も真面目に働きゃぁ腹いっぱい食えるだろうが！」

「蕎麦つゆの匂いをたっぷりと漂わせやがって、そんな様でコボルト様の鼻から逃げられる訳がねぇってんだ！」

するとと観客となった人々がどっと笑い声を上げて……その笑い声が鼻についたのだろう、逃げていた大男が足を止め、コボルト達の方へと振り返り、懐の中から一本の合口を引っ張り出す。

それを受けてコボルト達もまた足を止めて、十手を構えながら男へと睨みを利かし……そこで観念しとけば良いものを男は鞘無しの短刀……合口を鞘から引き抜いてしまう。

「おっと、そいつは見過ごせねぇな！」

江戸城下町の治安維持も御庭番の仕事のうちで、食い逃げの果てに刀傷事件なんてものを起こそうとしている阿呆の相手ももちろん仕事のうちで、そんな声を上げながらこちらに背を向けている男の方へと一歩踏み出すと……一人の屋台の店主が「やっちまえ！　狼月！」なんて声を上げながら俺の方に一つの木桶を投げよこしてくる。

こいつを使ってくれと言わんばかりの店主の顔を見やりながら頷いて、受け取った木桶を振りかぶって狙いを定めたなら……それを男の後頭部目掛け投げつけると同時に、地面を蹴って駆け出す。

がすんっ！　なんて音が響いて、木桶の直撃を受けた男が前のめりになって……それで合口を手放してくれりゃぁ楽だったんだが、男は合口を構えたまま般若のような表情でこちらに振り返り、それと同時に合口を横一閃に振るってくる。

「あぶねぇなぁ！　この野郎!!」

なんて声を上げながら足を止めてそれをぎりぎりの所で避けたなら、相手がもう一度合口を振ってくる前に懐へと飛び込み、ぐっと構えた拳でもって俺よりも背の高い男の顎を下から殴り上げる。

するとと男はよろめきながら後退し、膝をがくがくと震わせる……が、倒れずに堪えて、もう一度横に合口を振るってくる。

だが先程のような勢いは無く、一閃とは言えねぇ程に描いた線はよれよれで、簡単にそれを避けた俺は……がら空きになっている腹に拳を叩き込んでやろうかなんてことを一瞬考えるが、食ったばかりの腹にそんなことしちまったら、天下の往来でえらい大惨事になっちまうなと考え直し、右手で相手の襟を摑み、左手で相手の袖を摑み、それらを引きながら足でもって足払いをして……大男の体をどてんと横倒しにする。

するとそれを待ってましたとばかりに十手を構えたコボルト達が殺到し、一人が十手でもって合口を抑え、もう一人が合口を持つ手を打ち据えて、最後の一人のコボルトが十手の先端を男の眉間につきつけて……そうしてきりっとした表情をしてから、大きな声を張り上げる。

「どんな手段を使おうともどんな逃げ方をしようとも、僕達コボルトの鼻と武芸百般の御庭番衆の風雲児、犬界さんからは逃げられないのですよ！

見ない顔で嗅いだことのない匂いのごろつきさん！　どこの生まれかは知りませんが、この大江戸では悪事を働く暇があるなら、真面目に働いた方がマシってなもんですよ!!」

決め台詞のつもりなのか何なのか、そんな一声が上がり……そして男はようやく観念したのか地面に倒れたままがくりと脱力し……そうして捕物を見学していた人々からどっと笑い声が吹き出す。

「コボルト同心の鼻は僅かな残り香さえ嗅ぎ分けるんだぜ！」

「何処までも響く遠吠えとよく聞こえる耳で連携もばっちりときた！」

「そのうえしつこくて地獄の果てまで追いかけてくる！」

「お前みたいに運悪く御庭番に出くわすこともあるしなぁ！　馬鹿なことしちゃったねぇ！」

笑いながらそんなことを口々に言って盛り上がりに盛り上がり……そうこうしているうちに、次々と同心コボルトが駆けつけてきて、コボルトまみれって感じに男の体を押さえ込み、荒縄でもって縛り上げ……何人かのコボルトで荒縄を引いて男を連行していく。

「犬界さん！　ご助力ありがとうございました！」

そうして一段落ついた所で、決め台詞を口にしていたコボルトがそう言ってきて……木桶を拾い上げて店主に返していた俺は「おうよ」とだけ返し、江戸城へと向かって足を進めていく。

すると離れた所で様子を見守っていたポチが駆け寄ってきて……何処か自慢げな様子で尻尾を振り回しながら俺の横に並んでくる。

俺の活躍どうこうというよりは、コボルト同心の活躍が誇らしかったのだろう、ふんすふんすと鼻息まで荒くして、その足取りはえらく大股で堂々としている。

「……何なら手伝ってくれても良かったんだぜ？」

と、そんなポチに声をかけると、ポチはけろりとした態度で、

「僕が手出ししたら相手が傷だらけになっちゃうじゃないですか」

なんて言葉を口にする。

そりゃまぁ、ポチの戦い方といったら、その刀か牙かってなる訳だから、分からんでもねぇがなぁ……なんてことを考えながら足を進めて改めて大街道に広がる光景を見やっていく。

建築途中の店蔵の、人じゃぁ入れねぇような小さな隙間に、するすると入り込んで仕事をこなす大工コボルトと、腕を組みながらそれを見守る大工の連中。

人には聞こえねぇ微妙な音を聞き分けて、馬車の車輪のかみ合わせを調整する職人コボルトと、またも腕を組みながらそれを見守る職人の連中。

精緻に作られた銀細工を屋台に並べる細工師コボルトに、それを見て嬉しそうな声を上げるリンくらいの年頃の女の子達。

人とコボルトが並び立っていて、人とコボルトが笑い合っていて、街道のあちこちで人とコボルトの子供達が元気にじゃれ合っていて……俺はこのなんでもねぇ毎日の光景を見るのがたまらなく好きだった。

人とコボルトが手を取り合ったからこその、大江戸と呼ばれるに相応しいその光景を、心ゆくまで楽しんだ俺は、ついつい口から、

「たまんねぇなぁ」

と、こぼしてしまう。

するとポチはにっこりとした笑顔を俺に向けてきて……俺もまたポチに同じような笑顔を返す。

そうして俺達は笑い合いながらあれこれと言葉を交わしながら大街道を進んでいって……先代将軍が改築した真新しい大手門へと到着するのだった。


より大きく、多くの人々が行き交えるようにと改築された大手門を過ぎて右に折れて、警備詰め所に挨拶をしながら刀を預けて、入城の受付を済ませる。

そうしてから櫓門を通り過ぎて少し進むと、すっかり観光名所となったコボルトクルミ畑が一面に広がっている。

春となって芽吹き始めた畑と畑の間を貫く石畳の道には、多くの観光客の姿があり……説明員とのたすきをかけたコボルトが、観光客を相手にコボルトクルミの解説をしているようだ。

「かつて三の丸があったこの場所には、コボルト達が異界から持ち込んだコボルトクルミが植えられています。

滋養があり、保存も利くコボルトクルミは、コボルト達の大好物であり、主食であり、コボルトの文化を支えて来た根幹……コボルト達にとっての魂のようなものなのです」

そう言って説明員は、懐からいくつかの殻付きのコボルトクルミの実を取り出して観光客達に手渡していく。

「このコボルトクルミに目をつけ、奪い取ろうとしたのが異界の人間達でした。コボルトの村を襲撃し、クルミ畑を占領し、蓄えのクルミすらも力尽くで奪おうとした人間達に対し、コボルト達はクルミを抱えて逃げる道を選択し……命からがらの逃亡劇の果てにこちらの世界へと辿り着いたのです。

こちらの世界の人々を前にしてコボルト達は、また襲われるのか、また奪われるのかと震え上がりましたが……その態度と表情から大体の事情を察した綱吉公は、奪おうとするどころか、こちらの世界のクルミを山のようにかき集め、コボルト達に下賜してくださったのです。

そうやって綱吉公のお心に触れたコボルト達は、言葉が通じないながらも綱吉公と心を通わせることになり――」

何度聞いたかも分からねぇそんな解説を聞き流しながら、石畳を踏み歩いていると、ポチが尻尾を振り回しながらなんとも楽しげに声を上げ始める。

「それから綱吉公とコボルト達は、手を取り合いながらコボルトクルミの栽培に挑み……何度も何度も失敗することになりましたが、諦めることなく挑み続けて、そうしてエルフとドワーフの到来によって得た知識と技術でもって見事に成功。

以後コボルトクルミは、異界との融和を象徴する神樹として大切にされているのです――と、ここら辺の話も今度リンさんにしてあげないとですねぇ」

今朝方、似たようなことをやらかして逃げられたばかりだというのに、懲りねぇ奴だと呆れながら足を進めていって……コボルト同心達が日光浴をしている二の丸公園を過ぎて、同心番所を過ぎて、そうしてようやく江戸城の本丸……があった場所が見えてくる。

太平の世に天守は不要。

との先代将軍の方針により大規模の改築工事が行われたそこには、天守台すらもなく、ドワーフ考案の地震と火災に強いという、鉄筋レンガ造り、二階建ての江戸城が鎮座している。

横に長く、奥に広く、角張った造りと、いくつも並ぶガラス窓と、玄関前の大噴水がなんとも特徴的だ。

その周囲には似た造りの、やれ経済だの、文化だの、薬学だのを研究している支城が何棟も立ち並んでいて……そこかしこを人やコボルトや、ずんぐりとした灰髪、灰目、灰髭ダルマのドワーフや、金髪青目、長身とんがり耳のエルフが、着物の袖を揺らしながら行き交っている。

「ん～、ここはいつ来ても慣れねぇ不思議な空気が流れてるよなぁ。

大江戸らしくねぇというか、噂に聞く異界みたいというか……これが文明開化の景色なのかね」

「僕は好きですけどね、この景色。行政の中心、太平の象徴……江戸城ここに在り！　って感じがします。

そのほとんどが屋久《やく》島に住んでいるエルフさんや、佐渡《さど》島に住んでいるドワーフさん達ともここなら簡単にお会い出来ますし」

なんて会話をポチと交わしながら足を進めていると……大噴水の辺りに、この辺りの景色に全く似つかわしくねぇ物騒な連中がたむろしている様子が視界に入り込んでくる。

筋骨隆々といった様子の連中や、物騒な槍やら刀やらを担いだ連中や……ドワーフが考案した施条種子島を背負った連中までいやがる。

「……おいおい、なんだよ、この物騒な連中は。詰め所に武器を預けもしねぇで……一体何事だよ」

「警備の同心達が騒いでいなかったので、許可を得てのことだとは思いますが……うぅん、エルフさんやドワーフさんまでが武装をして、その上伝統衣装まで着て、本当に何事なのでしょう……」

ポチの視線の先には絹地の南蛮服、シャツとズボンとかいうのを着たエルフと、獣の毛皮と鉄で作ったらしい鎧姿のドワーフが居て……なるほど、あれがエルフとドワーフの正装なのか。

着物姿しか見たことのねぇ俺からすると、凄まじいまでの違和感を覚えてしまう格好だなぁ。

と、そんな風に俺とポチが困惑していると、江戸城の二階の中央の窓に、見覚えのある男性……あのお方が姿を見せて、俺達に向けてこっちに来いと、大げさな仕草でもって手を振ってくる。

そのお方に向けて俺がかしこまった態度で頭を下げていると……その姿に気付いたポチが慌てた様子でぐいと頭を深く下げる。

そうやって少しの間、頭を下げてからゆっくりと頭を上げると、そのお方は豪快に笑いながら「良いから早くこっちに来い」と、仕草で俺達に伝えてきて……俺達は素直に従って、江戸城の玄関へと足を進める。

葵の御紋の装飾がされた扉を引き開き、履物を脱がねぇまま足を踏み入れて、柔らかい床敷……真っ赤な絨毯《じゆうたん》を踏みしめながら少し進むと、目の前に広がる大階段を、先程の男性がどすどすと駆け下りてくる。

「遅いぞ、犬界！　ポバンカ！　待ちくたびれたわ！」

年は三十、長身でがっしりした体軀をしており、そこらで売っているような葵色の着流しを身に纏い、金糸をたっぷりと使った陣羽織を肩にかけ、黒い革手袋をし、長い髪を束ねもせずに揺らす、豪快な笑顔を浮かべた男……江戸幕府第八代将軍、徳川吉宗《よしむね》様はそう言って……ポチのことを片腕でぎゅっと抱きかかえ、もう片方の手で俺の肩をバンバンと、力いっぱいに叩いてくるのだった。


征夷大将軍とはとても思えねぇ身軽さで、俺達を出迎えてくれた吉宗様に連れられて向かったのは、二階の最奥にある吉宗様の自室だ。

この江戸城にあってこの自室だけは板張り畳張り、障子戸の部屋となっていて……将軍の部屋とは思えねぇ程に質素で、飾り気ねぇ仕上がりとなっている。

その部屋の入り口……玄関のような造りとなっている一帯で、草履を脱いだ俺と、足の汚れを濡れ布巾でしっかりと取ったポチは、一礼をしてからゆっくりと足を踏み入れる。

「そこら辺に座って楽にしてくれ」

と、部屋の最奥にある自らの席に向かう吉宗様にそう言われて……俺達が吉宗様の御前へと足を進めていると、控えていた着流し姿のコボルト達が座布団を持って来てくれる。

コボルト達に礼を言いながら受け取り、座布団を敷いて腰を下ろすと……今度は別のコボルトが茶を持って来てくれて、茶菓子の羊羹を持って来てくれて……と、室内を何人ものコボルト達が慌ただしく行き交う。

吉宗様は綱吉公のことを深く敬愛していて、綱吉公に倣ってか多くのコボルト達を友として側に置いている。

その数、十か二十か……直属の御庭番としてちょくちょく顔を合わせる俺でも把握しきれねぇ程の数だ。

そしてこの自室は、吉宗様の仕事部屋でもあり、ここに居るコボルト達のほとんどが、俺は勿論のこと博識で知られるポチよりも賢い、この国の行政と吉宗様を支える碩学の徒だったりする。

「表の連中、どうだった?」

席にどかんと腰を下ろして肘掛けに体を預け、コボルトが持って来てくれた茶をがぶりと飲み干してからの吉宗様の言葉に、「どう」とは一体どういう事なんだろうかと俺が悩んでいると、その意図を察したらしいポチが言葉を返す。

「うーん……武器や身体は見事でしたけど、気配からすると二流ってところではないでしょうか。

彼等を一つとすると、狼月さんが五つ、吉宗様が七つという評価になりますね」

その鼻でもって群れの中の優劣……強者と弱者を見分けることに長けているコボルトの中でも、特に優れているポチの言葉に、吉宗様は苦い笑顔を浮かべてため息を吐く。

「一流を集めたつもりだったのだがなぁ……全く、ポバンカは世辞を言わんし、加減もしてくれんなぁ」

と、吉宗様はそう言って、一際大きな羊羹を手で鷲掴みにし、一口二口と噛み、ごくりと飲み下す。

「……それで、今日はどうして俺達をお呼びに？」

吉宗様が二杯目の茶を飲み干すのを待ってからそう尋ねると、吉宗様は近くに置いてあった紙束を掴み、こちらに投げて寄越す。

その紙束を受け取り、ポチと一緒に中身を検めていると、検め終わるのを待つことなく吉宗様が口を開く。

「かつてコボルトやエルフ、ドワーフ達がこちらにやってきた際に出来たひびの残滓……裂け目のことをお前達は知っているか？

空に出来た驚く程に大きかったらしいひびの末端辺りに浮かび上がった……人間二人分程の大きさの空間の裂け目。

これをな、幕府がずっと……綱吉様の頃から隠匿した上での調査をしていたんだが……どうだ、知っているか？」

「まぁ……噂程度は」

「僕も噂なら聞いたことがあります」

俺とポチがそう返すと、吉宗様は「わっはっは」と豪快に笑ってから、言葉を続ける。

「ま、そうだよな。これだけの長い間、何人もの人員を使って調査をしていりゃぁ噂くらいは立つわな。

……で、だ。この裂け目の中にはな、異界の景色、森やら荒野やら、洞窟の中やら城の中なんかが広がっていてな……出来上がった経緯と、そうした景色から、裂け目の最奥に至ればあちらに行けるのではないか、帰れるのではないかと考えられていたんだ。

で、あちらに行きたがっている連中や、帰りたがっている連中……エルフやドワーフが中心になっての調査が行われてきたんだが……ま、結論から言っちまうと、裂け目の向こうにあるのはただの行き止まりでしかなく、あちらに行くことは何をしても、絶対に不可能なんだとさ」

「はぁ……」

「なるほど……？」

「そもそも裂け目の向こうに広がっている景色ってのはな、森のようで森ではない、荒野のようで荒野ではない、見せかけの光景なんだそうだ。

そこに木があるはずなのに触れることが出来ない、石があるのに拾い上げることの出来ない見せかけの世界……。

　そこに住まう魔物達も、あちらの魔物達と同じ強さ、同じ特性を持っているそうなんだが、いざ倒してみると、戦闘後に霞のようにかき消えちまって……死体や血糊どころか、その手にあった武器さえもかき消えちまうんだそうだ。

　何もかもが見せかけの……霞にあちらの世界を写し込んだかのような紛い物だらけの世界って訳だな」

「魔物……!?　そ、そこに行けば魔物がいるのですか!?」

「す、凄い！　まるでお婆ちゃんから聞いたおとぎ話のようではないですか!!」

コボルトやエルフ、ドワーフ達が暮らしていた世界――異界に住まうという異形の生物……悪鬼、妖怪にもたとえられる魔物達が、そこに居るのだと聞いて沸き立つ俺とポチに、吉宗様は片手を上げて落ち着けと伝えてくる。

「話はまだ途中だ、騒ぐのは最後まで聞いてからにしろ。

　長年の調査の結果、この裂け目はこちらとあちらを繋ぐ通路のようなものではなく、あちらとこちらの間に出来上がった空間……家と家の間にある狭間のようなものではないか？　ということになったんだ。

　この狭間、エルフ達の発案で『異界迷宮《ダンジョン》』と呼ぶことになった空間は、何処かに繋がっている訳でもなく、霞の紛い物しか存在しない無益なもの……かと思われていたんだが、一つだけ得るものがあったんだ」

　そう言って吉宗様は手の平程の金属の塊を投げて寄越す。

　銀に良く似ているが、銀にしては綺麗過ぎるというか、煌めき過ぎているというか……とにかく俺が今までに見たことのねぇ金属だ。

「それはミスリルといってな、あちらの世界でよく知られていた魔力を放つ金属だ。

……どうだ？　驚いただろう？

　なんとも不思議なことに異界迷宮にはな、そういった異界産の何かが淡い光を纏いながら落ちていることがあるんだ。

　そういった物に限っては木や石と違って触ることが出来て、持ち上げることが出来て……こちらに持ち帰ることまでが出来る。

　そこら辺に落ちていることや、魔物との戦いを終えた後に何処からかぽろりと落ちてくること、異界からの落とし物って意味も込めてエルフ達は異界遺宝、ドロップアイテムとも呼んでいたかな。

……ほんっとにあいつらはエゲレス言葉が好きだよなぁ」

　そこでようやく俺とポチは、手の中にある紙束の意味を理解する。

『噂の異界迷宮、ついに庶民にも解禁　腕に自信あるものは名乗りを挙げよ』

『金銀財宝が、異界遺宝がざっくざく、物によっては幕府が高価買取』

『活躍次第、功績次第では仕官、出世も夢じゃない』

瓦版を模した作りで、そんな文言が並ぶこの紙束はつまり……その異界遺宝《ドロップアイテム》とやらを餌に、人々を駆り立てる為に用意されたものなのだろう。

しかし、幕府が買取をする上に、幕閣の席まで用意されているとは、幕府は……いや、吉宗様は一体何を目的にこんな馬鹿なことを……？

と、俺がそんな疑問を抱いていると、同じ疑問を抱いたのだろう、ポチが吉宗様に問いを投げかける。

「吉宗様、一体どうしてまたこんなビラをお作りに……？

あんな物騒な連中をここに集めて、僕達を呼び出しまでして……この話の裏にはどういった事情があるのですか？」

すると吉宗様はにやりと笑いながら、

「流石に気付いたか。それでこそ御庭番筆頭の犬界とポバンカだ」

と、そう言って、朱墨で極秘と書かれた紙束を懐の中から取り出し、こちらに投げて寄越してくる。

極秘と書かれた表紙を捲った、最初の頁《ページ》にあったのは精緻に描かれた黒い船の絵だった。

鋭く上向いた船首を構えて、船体の前後には小さいように思える帆があり、船体の中央にはなぜか筒が立ててあり……その絵の下にはその船の名前と、説明が記してある。

鉄鋼蒸気帆船　『黒船』

――船体は木材ではなく鉄鋼でもって組み上げ、蒸気機関を搭載し、帆は緊急用の予備とする。

船体の前後左右に砲を設置するだけでなく、船上には土台ごと回転可能の一尺大砲を設置し――。


「鉄鋼……?」

「蒸気帆船……!?」

その名前と、長々と続く説明の一部を読んだ俺とポチは、そんな声を上げながら吉宗様へと視線を向けて……吉宗様はそんな俺達に対し、なんとも良い笑顔を向けてくる。

「どうだぁ? 驚いただろう?」

してやったりと言わんばかりの吉宗様に対し、俺は呆れながら、ポチは慌てながら言葉を返す。

「こんなのを見れば誰だって驚くでしょう」

「と、言いますかこの蒸気って、まさかあの蒸気機関のことですか!? 一体何を考えて……!!」

「わっはっは! ポバンカ、お前の言わんとしていることは余も重々承知している。

だからまずは余の話を聞け。

……お前達、この日の本以外の国が今、どうなっているかは勿論知っているよな?」

「それは勿論、話に聞く程度には……」

「海の向こうでもひび割れが現れて、異界からの客人達が現れて……その結果、大混乱に陥り、戦国の世以上の有様になっているとか」

「ああ、その通りだ。綱吉様のような名君に恵まれて、コボルトやエルフ、ドワーフのような理性ある友人に恵まれたのはこの国だけのこと。

異界の客人の存在を受け入れられず、受け入れようとしても相手に理性がなく、あるいは周辺国の事情などが影響して受け入れることが出来ず……そうやって全てではないものの世界のほとんどが大混乱に陥ってしまっている。

余が把握している世界の国の、九分九厘がそんな有様だ」

そう言って吉宗様は、自らの背後にあった文箱を手に取り、中からこの世界の様子を記した地図を取り出し、俺達が見ることの出来るように広げてくれる。

そこに記された国の大半が赤く染められていて……つまりはそういうことなのだろう。

「そんな世界の状況に対し幕府は使者を派遣し、各国と異界の客人の双方に接触し、和平と融和をと促してきたのだが……状況は良くなるどころか悪化の一途をたどるばかり。

最近では一切耳を貸さず使者を門前払いするのが当たり前、酷い所では使者を見るなり攻撃を仕掛けてくるような国まである有様だ。

……だが、それでも余と幕府は和平と融和の道を諦めるつもりはない。

綱吉様の想いを広げたいという気持ちも勿論あるが……それよりも何よりも、江戸の世が謳歌している豊かさと清福さを世界に……世界中に住まう人々の下へと届けてやりたいのだ」

真摯に引き締めた表情で、いつになく真剣な声でもってそう言う吉宗様に、俺とポチは静かに頷いて、俺達も同じ想いですと伝える。

「そこで余は考えた。どうしたら酷い状況にある各国に話を聞いて貰えるかと、どうしたら和平の道へと促すことが出来るかと。

……その答えがこの『黒船』だ！

太平の世の中で磨かれた技術の粋を結集したこの黒船を何隻か……十隻程を建造し、話を聞いてくれぬ各国に見せつけるのさ。

そうして主砲をどかんとやれば、各国の要人達も先程のお前達のように驚いてくれるに違いない！

そうやって半ば無理矢理に聞く耳を持たせてやれば、いくつかの国が和平の道を考えてくれるはず。

更には黒船に乗せてやって、この江戸の街並みを見せつけてやればきっと……いや、絶対に上手くいくはずだ！」

握り込んだ拳を振り上げたり、胸元にぐっと引き寄せたりしながら、熱く語る吉宗様。

中々見ることの出来ねぇその姿に、俺が深く感じ入っていると、シワを鼻筋に寄せて苦い顔をしているポチが声を上げる。

「……吉宗様のお気持ちはよく分かります。黒船の有効性もお言葉の通りなのでしょう。

しかしその為に禁忌である蒸気機関に手を出すというのは、如何なものでしょうか」

両手を膝の前につき、前傾姿勢となりながらそう言うポチに、吉宗様は良く言ったと言わんばかりの笑顔となって深く頷く。

「ポバンカ、お前の言う通りだ。ドワーフ達の来訪で一気に発展した技術の中から生み出されることになった蒸気機関は、普及を許してしまえば、燃料として多くの木々が伐採されてしまうのと、その排煙で空を酷く汚してしまうからと綱吉様が禁忌に指定したものだ。

自然を深く愛するエルフとの共存を続けるという意味でも、安易に手を出して良いものではない。

……とは言え世界の状況をこのままにしておく訳にもいかん。

ならばどうするのか……ま、話は簡単だな、蒸気機関に問題があるのであれば、その問題を解決してしまえば良い」

吉宗様はそう言いながら手仕草でもって手元の紙束の頁を捲れと促してくる。

促されるまま捲ってみると、そこには何かの図面が……やたらと歪曲した、複雑な形をした部品の姿が描かれている。

「黒船の建造は、江戸前埋立地に建築予定の造船工廠で進めていく。

それと同時に蒸気機関の改良と、新たな機関の研究開発も進めていく。

最悪は黒船だけを禁忌の例外としての蒸気機関の解禁、最善は新たな機関を導入しての新型黒船の建造ということになるな。

……そして、だ、ここでようやく話が先程の異界迷宮と異界遺宝の話に戻るという訳だ」

そう言って吉宗様は先程投げて寄越した金属の塊……ミスリルとかいう名のそれを人差し指でもって指し示す。

「その図面はな、今まさに研究が進められているミスリルを使っての魔力機関の図面なんだよ。たったのこれっぽっちでは造れないが、山のようなミスリルがあればまず間違いなく完成に至れるそうでな……完成したなら蒸気機関よりも力があって、燃料や排煙といった問題の無い機関となるそうだ。

……つまりはその山のようなミスリルを手に入れる為の異界迷宮の解禁って訳だな。

何もミスリルに限ったことではない、異界には他にも様々な、未知の金属やら何やらが存在している。

それらを手に入れることで全く新しい、未知の技術が開発されるかも知れんし、未知の薬草で薬学やら科学やらが発展するかも知れんし……その先に、今あるのとは全く別の、新しい道が見つかることもあるかも知れん」

今までも幕府は異界迷宮の調査を進めていた。

その中で目の前にあるようなミスリルなどを手に入れていた。

しかしそれでは……そんな入手の仕方では全く数が足りず、そういう事情で人々を異界迷宮に駆り立てようと考えたのか。

そしてわざわざ江戸城に呼び出されまでした俺達に課されることになる役目は――――。

「お前達は余の名代だ。……余が自ら異界迷宮に赴ければ話は早いのだが、そういう訳にもいかんのでな。

余の代わりとなって、人々に範を示してやってくれ！」

力の込められた吉宗様のその命に対し、俺とポチは頭を深く下げながら、異口同音に
『御意！』

と、吉宗様以上の力を込めた言葉を返すのだった。


吉宗様からの命を拝領した俺達は、異界迷宮についての簡単な説明を受け、いくつかの資料を受け取って、そうして早速支度をしますと、そう言って江戸城を後にした。

異界迷宮にいつ潜るのか、どれ位の頻度で潜るのか、何処の異界迷宮に潜るのかは俺達の判断に任されていて……その判断は俺よりも数段頭の出来が良い、御庭番の頭脳担当であるポチが下すことになるだろう。

そのポチは早速とばかりに、夢中で異界迷宮の資料を読みふけっている訳だが……ポチのこの、興味深い本や資料を前にした時に見せる悪癖はどうにかならねぇものだろうか。

そこに書かれた文字だけが世界の全てだと言わんばかりにのめり込み、声が届かねぇのは勿論のこと、何をしようとも何があろうともその場から一歩たりとも動かなくなってしまう。

吉宗様の部屋でそうなってしまったポチを、俺は仕方なく抱きかかえて江戸城を後にした訳だが、ポチはそのことにすら気付かねぇままま、資料の中の世界にどっぷりと浸かり込んでしまっている。

普段であれば俺に抱えられるなんてことは絶対に許容しねぇポチがこの有様……まったく本当に悪い癖だよなぁ。

そんな風にポチを抱きかかえながら大街道を進んでいると、資料を読み終えたのか正気を取り戻したポチがどすどすと俺の胸板を殴りつけてくる。

口で下ろせと言えば良いだろうに、どすどすどすと拳を繰り出し続けてくるポチをそっと地面に下ろすと、ポチは居住まいを正し、きりりと表情を引き締め……何事も無かったかのような態度で声をかけてくる。

「……それで狼月さんは、異界迷宮に潜る皆さんにどんな範を示すつもりなのですか？」

「あん……？　どんな？　どんな範を示すって……藪から棒にどういうことだよ」

「吉宗様は範を示せと僕達に命じましたが、具体的にどういう範を示せとは命じませんでした。……吉宗様の性格から察するに、そこら辺のことは僕達が考えろと、そういうことなのでしょう。つまり僕達は異界迷宮に潜るよりもその支度をするよりも先に、皆にどういう範を示すのか、その指針を定めなければならないのです」

「ああ、なるほどなぁ。吉宗様の名代としてどんな範を示すのかの指針、か……」

行き交う人々の流れに沿って足を進めながら、そんな会話を交わした俺は……頭を悩ませながらゆっくりと視線を動かし、周囲の景色をじっくりと眺める。

昼時が近づいたのもあって、江戸の街並みはどこも昼食の準備やら、外食をしようと飯処を探る客やら、その客を獲得しようという飯処の客寄せやらで活気づいていた。

エルフ達がもたらした農学の知識により、田畑の収穫量が何倍にも膨れ上がった江戸の世では、そうやって昼食を取るのが当たり前となっている。

豊富な食材と、味噌、醤油、エルフハーブを初めとした数多の調味料と、洗練された調理法で作り出される滋養と美味に満ちた食事。

それを求めて人々は笑顔を浮かべ、あるいは口にしながら笑顔を浮かべ、早々と食べ終えたのか満足そうな笑顔を浮かべ……そんな笑顔の数々を眺めた俺は「うん」との一声をぽつりと漏らし、しっかりと頷く。

「……俺達が示すべき範は、異界迷宮から無事に生還すること、これに尽きるだろうな」

頷くなりそう言った俺の顔を見上げたポチは、じぃっと俺の表情を見つめて……「なるほど」との一声と共に頷いてから声を返してくる。

「戦国の世はとうに終わった。死に花を咲かせるなんてのはもう古い、この江戸の世に無事に帰ってくることにこそ、真の価値がある……と、そういうことですか」

「異界迷宮に潜ることになる連中もまた、誰かの子であり父母であり、家族友人の一人なんだ。……無闇無駄に命を落とし、誰かを泣かせるなんてのはこの太平の世に対する反逆みたいなもんだろう。

……それに、アレだ。生きて還らなきゃぁ異界遺宝も持ち帰れねぇからな」

「ああ、確かに。そもそもの目的がソレなんですから、死んじゃったら元も子もないですね。

……うん、僕もその指針には賛成です、無事に生還すること、これを第一の目標とし、皆さんに示す範としましょう」

そう言ってポチは後生大事に抱え込んでいた資料をぱらぱらと捲り……その中身を改めて眺めてから、言葉を続けてくる。

「では、まず僕達がすべきは防具と旅具の調達からでしょうね。

戦国具足や南蛮具足でも悪くはないのでしょうが、あれはあくまで対人、戦を考慮しての品物です。

異界迷宮と、そこで相対する魔物達を意識した新しい形の防具を仕上げる必要があるでしょう。

無事の生還を範とするならば、これには特に力を入れなければなりません。

次に旅具。資料によると異界迷宮は……場所によっては攻略に数日を要することもあるとか。

よって雨よけの外套やカンテラ、野営の道具に携行食に各種薬……これらも疎かにする訳にはいきませんね」

「ああ、そこら辺のことはポチの判断に従うよ。

蓄えは十分にあることだし、それらの品を揃えるくらいはなんでもねぇだろう。

ただ一から防具を作るとなると、職人の選定はしっかりやった方が良いだろうな。……防具だ職人だに関しては親父が詳しいだろうから、家に帰り次第相談してみるか」

「……えぇ、それが良いでしょう。えぇっと、それでー、ですね。……狼月さん、その、少しばかりお金のことで相談があるのですが……」

俺のことを露骨な上目遣いで見上げながら、なんとも歯切れ悪くそう言ってくるポチに、俺は半目と低い声を返す。

「……ポチ、お前まさか……蓄えを全くしてねぇのか？　御庭番として結構な給金を貰っているはずだぞ……？」

「しっ、仕方ないでしょう！　印刷技術が発展しつつあるとはいえ、それでも本は高価なものなのですから……！　お給金が今の十倍あっても足りやしないのですよ!!」

「お前ってやつはまったく……。そういうことなら、読み終えた本を売ってしまえば良いだろうよ。写本なり暗記するなりしたら元の本なんか不要だろう」

「なー！　なー！　何てことを言っているのですかアナタって人は！　僕の大事な大事な本達を売るだなんて、まったくもって非文明的にも程があります!!　この野蛮人！　筋肉頭!!　汗臭過ぎてモテない男！！！」

「よぉーし、よく言った！　この毛むくじゃらめ!!　その喧嘩、買ったろうじゃねぇか!!

家についたら道場で取っ組み合いだ！　それで俺を唸らせたら金でもなんでも融通してやるよ!!」

いきり立つ俺と、グルルと唸るポチはそんなことを言い合いながら、激しく罵り合いながら足を進めていって……そうして昼飯が出来上がったばかりの丁度良い時間に、我が家へと到着するのだった。

第一章——いざ異界迷宮へ

翌日の朝食後。

その小柄さと足の速さを活かして、すばしっこく駆け回るポチとの激闘の果てに、引っかき傷まみれとなった俺と、最後の最後で俺に捕まってしまい、その体毛の所々を毟《むし》られて情けねぇ姿となったポチは、親父に紹介して貰った具足師の工房へと足を運んでいた。

牧田《まきた》との表札を下げた大きな門を構え、大きな塀に覆われたその工房は、立派な庭を構える大屋敷の奥にあり、板張りの大広間といった様子のそこでは白装束烏帽子姿の具足師達が一切の無駄口を叩かずに粛々と作業に勤《いそ》しんでいる。

一人は吊るした鎧を仕立てていて、一人は口に針糸を咥えながら兜を仕立てていて、一人は何かの鉄具を懸命に研ぎ、一人は漆と思われる液体を慎重に溶いていていて。

更には何人かのコボルト達がそこかしこにいて……具足師達の手伝いや、小さな細工仕事や、銀の不要な部分だけを腐らせての銀細工造りなどに精を出している。

戦国の世が終わり、実用的な意味よりも飾り的な意味合いが強くなった具足だが、それでも需要はあるようで、造りかけの具足の数を見る限りかなり繁盛しているようだ。

そんな具足師達の仕事を俺とポチがしげしげと眺めていると、工房の奥から立派な白ひげを蓄えた烏帽子姿の老人が姿を見せる。

老人はぎょろりとした目で俺とポチのことを睨みつけてきて……そうしてから「ふんっ」と鼻息を吐き出し、こっちに来いとばかりにその顎をしゃくり上げてくる。

その仕草に従い俺達が老人の方へと進むと、老人は工房の奥へと足を向け、そのまま俺達を先導する形で工房と廊下で繋がっている大屋敷の客間へと足を進める。

そうして客間の奥にどかんと腰を下ろした老人は、俺達が腰を落ち着けるのを待たずに、顎ひげをぐいと撫でて大きな声を上げる。

「細かい話は昨日、お前達がその馬鹿傷を作っている間に、犬界……お前の親父から聞いた！ 資料とやらにも目を通した!!

このご時世に実戦用の、化け物共と戦う為の具足……いや、防具が欲しいそうだな！

実に馬鹿げた話だ、実にふざけた話だ、伝統ある具足師、牧田家にそんな話を持ち込んでくるとはなぁ!!」

満面の笑みでそう言った老人は「がはははは」と大笑いし、そうしてから右手の平をこちらに突き出してくる。

その手の平の意味が分からず、いきなりの大声に唖然としてしまっていた俺とポチが首を傾げていると、老人は「銭を寄越せ！」と大きな声を張り上げる。

その声に促されるまま、俺が用意した金銭……俺とポチ、二人分の予算の全ての入った包を取り出すと、老人はそれを強引に奪い取り、重さを確かめてから白装束の中へとしまい込む。

「たったこれだけか！　たーったのこれだけか！

これで二人分の防具を拵《こしら》えろとは舐められたものよ！　これでは飾りも漆も無しだわなぁ!!

……だがまぁ、どわあふ共を頼らずにこの儂……牧田鉄志《てつじ》を頼ろうとしたことに免じてそれなりのものは拵えてやろう」

牧田はそう言って、懐から絵図の書かれた二枚の紙を取り出し、ようやく腰を落ち着けた俺とポチに一枚ずつ手渡してくる。

そこには俺とポチのものと思われる防具の完成図が描かれていて……お互いの絵図を見せ合いながら俺達は、昨日の今日でこの絵図を仕上げたのかと驚き、何も言えなくなってしまう。

「デカブツ！　お前の防具は要所要所をしっかりと守る革仕上げだ！

だんじょんとやらでの動きやすさを考慮して、滑らかな動きを許す繋ぎ合わせをし、長時間になるだろう探索を考慮しての通気性も考慮したものとする！

その上で鉢金を巻いて、つま先、足の腱、腕の腱、股間やら腹のそこかしこに鉄板を仕込み、最低限の防御力を確保してやるからな！　今の所はこれで満足せい!!

鎖帷子《くさりかたびら》だなんだといった、上等な品は銭をもっともっと持って来たなら作ってやらんでもないが、今の時点では論外だ！」

牧田の言葉の通り、俺が受け取った絵図には革製と思われる無骨な鎧に、手首から肩までの長手袋に、つま先から膝までどころか太ももまで覆う革長靴が描かれている。

雨避け用のそれによく似た頭巾と一体化したような外套も描かれている所を見ると、この頭巾と外套も防具の一部であるようだ。

「ちっこいの！　お前の方は身軽さを優先し、鉢金、革の外套、足包みとする！

それでそっちのデカブツとは違って鉄板やらは仕込まねぇぞ！

……どうしてなのかは言わんでも分かると思うが……一応説明しておこう！

お前達コボルトの強みはそのちっこさとすばしっこさだ！　それを阻害する防具なんざぁ着ない方がマシってもんだ！

いっそのこと布で拵えてやろうかとも思ったが……うちのコボルト達に良い案があるってんでな、それを採用することにした！

薄く軽く仕上げた二枚の革を、薬液を挟む形で張り合わせて、強度を増させるとかなんとか……ま、言ってしまえば新案の実験作になるな！

とは言え同胞達がお前の活躍を祈っての案だからな、悪いものにはならねぇはずだ！」

ポチが受け取った絵図には、ポチの肩や腕を上手く覆う外套が描かれていて……後は腰紐や足包み、それと服の下に着込むような薄手の物なんかも描かれている。

鉄を使っているのは鉢金のみで……軽さと動きやすさを重視し、その外套も攻撃を受けるというよりは受け流すようなものとなっているようだ。

「うちで働くコボルト達に詳しい話を聞いてみたんだが、その鼻とヒゲと、耳を何かで覆っちまうと感覚が鈍っちまうそうだな？

ならば頭に余計な防具はいらねぇ、鉢金だけ巻きつけて、後は己の感覚を信じて駆け回りやがれ！

攻撃を食らわなければそもそも防具なんかはいらねぇんだからな!!」

そう言って牧田は再び「がはは」と笑い……笑い終えるなり立ち上がって、客間の入り口へと足を進め、こちらに顔だけを振り向かせる。

「完成したら使いをやるが……五日で出来上がると考えておけ！

……それとだ、見ての通り今回仕上げる防具は、いくら手をかけたところで所詮は革の……初等防具だ、鬼やら熊やらの一撃はまずもって受けられねぇだろう。

狼でもどうだかな……狐や小鬼がせいぜいと思って相手を選ぶようにしろよ。

これ以上の品が欲しけりゃ銭を積め、銀や金の持ち込みでも構わねぇぞ。

……それとだ、だんじょん産の鉱物を持ってくりゃぁそれで拵えてやらんでもない。

上様ばかりにでなく、いくらかを儂らに回してくれても罰は当たらんと思うぜ」

言い終えるなり牧田は片手を上げて、その手をふらふらと振り……そうして工房の方へと立ち去ってしまう。

怒濤の如く、という言葉がふさわしい牧田の仕り方に呆然としてしまっていた俺は、

「……ドワーフの工房と相見積もりして、安い方を選ぶ予定だったのですけどねぇ」

と、ぽつりと呟かれたポチの一言で覚醒し、大慌てでポチの口を塞ぐ。

……まさかこの距離で聞こえるとも思えねぇが、それでも念の為だ。

「……絵図を見る限り思っていた以上に良い品を作ってくれそうだし、折角やる気になってくれている所にわざわざ水を差す必要はねぇだろう。

紹介してくれた親父の顔を立てる意味でもこのまま進めて貰うとしよう」

ポチの耳に口を近付け、出来る限りの小さい声でそう囁くとポチは何も言わずに、素直に頷いてくれる。

そうして俺とポチは牧田の指示を受けてか、慌ただしくなり始めた工房をそそくさと後にし、旅具を揃える為にと、東海道と接続する宿場街へと足を向けるのだった。


幕府の方針転換により解禁されることになった馬と馬車の民間利用。

それに伴い東海道は大改修が行われ、道幅が広くなったのは勿論のこと、石畳での舗装がされたことで以前のそれとは全く違う姿へと変貌していた。

街道なんて言葉では生ぬるい大街道……いや、同様の改修が行われた他の五街道を全く寄せ付けぬ別格――――巨大街道とでも呼ぶべき姿へと。

そんな東海道からの客を迎え入れる宿場街も、当然それに見合った規模となっていて……ドワーフ達の手によって建設された火山灰土造りの大旅籠やアパートメントが立ち並ぶ、宿場大街とも呼ばれる凄まじい光景が広がっている。

無数の人とコボルトと、無数の馬車と馬と、無数の旅籠とアパートメントと商店と。

そんな光景の中を俺とポチは、人垣をかき分けながら目的の商店の方へと突き進んでいて……あまりの人の多さと埃っぽさから目眩を覚えたりしながら、どうにかこうにかその商店へと辿り着く。

『よろずや　澁澤』

真新しい店舗を構える他の商店とは全く別の、昔ながらの店蔵を構えるその商店は、祖父の代からの付き合いがある……色々と融通を利かせてくれる馴染みの商店であり、暖簾をかき分けて中へ入ると、馴染みの顔が視界に入り込んでくる。

艶やかな髪を櫛《くし》と簪《かんざし》で整え、柿色の着物を身に纏い、葛葉の家紋入りの紺色前掛けをしっかりと腰から下げて、算盤を振り上げ帳面を小脇に抱えて、仁王立ちで従業員達に指示を下す女主人、澁澤ネイはいつものキンキン声をいつも以上の勢い、大きさで張り上げていた。

「またとないこの商機を逃す訳にはいかないんだ！　さっさと動いてさっさと仕上げな！　これが終わったら支店の開店準備もあるんだからね！

……ああもう、辰二！　アンタそんなグズグズしているようじゃぁ支店長は任せらんないよ!!」

齢十五で父親からその座を奪い取……もとい受け継ぎ、廃業寸前のこの店をたったの五年で立て直した『辣腕おネイ』は今日も相変わらずの働きっぷりだ。

「異界迷宮解禁をきっかけに始まるだろうこの一大商機！　絶対に逃す訳にはいかないんだよ！　アタシの夢の万国百貨店を、このお江戸のど真ん中におっ立てるまでは怠惰も無精も許さないからね!!

そんでそこの狼月にポチ!!　そんなところでボヤッとしてないでさっさとこっちにお上がり!!」

ネイと同じ前掛けをした従業員を叱責するついでに名を呼ばれた俺とポチは、履物を脱ぎ足を拭いてから小上がりに進み、柵のようなもので覆われた帳簿を書くための場、帳場へと向かうと、仁王立ちになっていたネイもまた帳場へと足を進めて……今日はまだ一度も腰を下ろしてねぇらしい帳場に俺達の分と自分の分の座布団を敷いて、しずしずと腰を下ろす。

「話の大体のところは聞いてるよ！

異界迷宮解禁……まったくありがたい話じゃないか！　うちの常連がそこに潜るってんだから尚のことだね!!

で、わざわざお江戸の中央じゃぁなしにこっちに来たってことは旅具絡みが欲しいんだろう？　そうかと思って用意しておいたから、さっさと受け取ってさっさと異界迷宮に潜って来な！　何か良い収穫があったらうちに卸すのも忘れるんじゃないよ！」

しずしずとした態度と、洗練された仕草に全く似合わねぇ声で、手早く話を終えたネイは、先程叱責を受けていた男……辰二とかいう名の男に「用意していたものを持ってこい」と指示を出す。

そんなネイの言葉と態度に驚かされた俺とポチは、互いの顔を見合って訝しがり……そうして俺が代表として声を上げる。

「おいおい、まだ注文もしていねぇし、代金の話は一体何処へいった？　お前はいつでもそこが第一だったろう」

するとネイは、面倒臭さそうな五月蠅《うるさ》そうな表情となって、いちいち説明しねぇといけねぇのかと、そんな想いが混ざっていそうなため息を吐いてから口を開く。

「代金なんてそんなものはいらないよ。

どうせアンタ達のことだ、武器だ防具だで蓄えを使い切ったんだろう？

そんな状態でこのアタシから何を買えるって言うのさ？　まったく……。

だからアタシが最高の旅具を用意してやったよ……ま、先行投資とでも思ってくれたら良いさ。

下手に安物を使われて死なれるよりかは、最高の旅具で最高の結果を出してもらって、そのお溢《こぼ》れを頂戴した方が得ってもんだ」

ネイの言葉とは思えねぇ、全く予想外のそんな言葉に、俺とポチが目を丸くしていると、ネイが大きなため息を吐き出してから言葉を続けてくる。

「上様は既に動かれている。江戸城近くの一帯を買い上げて、そこに様々な施設や商店をお建てになるおつもりらしい。

大手の商店は勿論、アタシなんかにも話が届いていて……本気なんだということが窺えるよ。

文明開化以上の大変動……江戸の在り方や商いの在り方が根底から変わる、そんな気配を感じ取って動いている商人も居る程さ。

そんな中にお人好しのアンタ達を放り込んだら、良いように搾取されて使い潰されるのがオチだからね。

……そういう訳でこのアタシが後ろ盾となってなんとかしてやろうってんじゃないか……」

先程までとは打って変わって、静かで落ち着いた……真剣な様子でそう言ってくるネイに、俺とポチはなんと返したものかと困り果ててしまう。

そうして何とも言えねぇ居心地の悪さに身を捩《よじ》ってから……またも俺が代表として声を上げる。

「あー……ネイ、俺達のことをそこまで考えてくれて全くありがたいばかりなんだが……今回俺達が異界迷宮に潜るのは、吉宗様の命を受けてのことなんだ。

だからまぁ……俺達の後ろ盾って言うと、幕府ということになる訳で……なんか、その、心配して貰ってのことだってのに……悪いな」

俺のそんな言葉を受けてネイは、そんなの聞いてねぇとばかりに口をぱくぱくとさせて、その顔を真っ赤に染めて……そのまま言葉を失ってしまう。

そうしてそこに辰二が大きな荷を抱えながら戻って来て……なんとも折りの悪いところに戻って

来てしまった辰二は、ネイの八つ当たり半分、気を紛らせ半分の叱責を受けることになってしまうのだった。


五日後。

牧田から防具が完成したとの連絡が届き、その日のうちに防具を取りに行って……そして道場に戻り、ネイの店で揃えた旅具と合わせての試着を行った。

腕や腰、足回りをがっちりと覆ってくれる革の装備を纏い、中の品を守る為か四角く硬い、革と布合わせの背負鞄を背負い、鉢金を巻いて、頭巾付きの外套をその上から羽織る。

腰鎧には小物を入れる小さな箱鞄を縛り付け、カンテラを下げ、鉄製の水筒を下げ、備え付けられた鞘受けに愛刀と脇差を縛り付け、しっかりと固定する。

そうして試しに一歩踏み出してみたなら、体にも装備にも負担がかかることはなく、その動きやすさに目を丸くする。

ポチの方は薄皮の羽織に薄皮の袴といった格好に雨避けの外套を羽織り、薄く小さいものながらしっかりとした強度を保っている鋼板を貼り付けた鉢金をおでこに巻きつけている。

そして腰にはコボルト刀と、小さな箱鞄と小さなカンテラと……大体俺と同じ物を下げているようだ。

背負鞄の中には野営の道具などがあり、腰の箱鞄の中には様々な薬が入っており……これだけあればどんな化け物や妖怪が相手であれ、問題なく対処出来ることだろう。

そうやってしっかりと装備を身につけたら……そのままの状態で道場を駆け回り、転げ回り、ポチと相撲を取るなどして体を装備に慣らし、装備を体に慣らしていく。

身につけた当初は少しだけだが硬さを感じた革の装備も、そうするうちに柔らかくなり、動きやすくなっていって……そのまま日が暮れるまで体を動かし続ける。

異界迷宮へ向かうのは明日で良いだろう。

今は兎に角この装備に慣れるのが優先だと体を動かしに動かし……そうして夕刻になったら装備を脱いで、手入れを始める。

馴染みがなく知らねぇことだったが、革というものは手入れをしてやらねぇとあっさりとひび割れて使い物にならなくなってしまうらしい。

油を塗り、薬剤を塗り、保管場所にも気をつける必要があるのだそうだ。

新しい装備を手に入れるまではこいつが俺達の相棒だ、大事にしてやらなければならねぇ。

手入れを終えて、水浴びを済ませて、そうして夕餉時となり母屋に向かうと、そこにはわらびに若菜に鯛に、染ゆで卵に天ぷらに、山盛りのコボルトクルミに大福にと、誰の祝言かと思うような豪華な膳が用意されていた。

「上様の直命を受けての出陣前夜だ、このくらいは用意してやらんとな。それとも三献の儀でも用意してやった方が良かったか？」

膳を見て驚く俺とポチに向けて、満面の笑みを浮かべる親父がそう声をかけてきて……俺とポチは笑顔で礼を言い、早速とばかりに膳に飛びつく。

品揃えが豪華なだけでなく、かなりの手を尽くしてくれたのだろう、どれもこれもが驚くほどの美味で、俺とポチは夢中で箸を動かし続ける。

江戸湾で釣ったばかりらしい春鯛は驚く程に香り立ち、わらびも若菜も噛む度に味が深く、卵と天ぷらはいくらでも食える程に美味で、最後にクルミと大福を食えばもう腹が張り裂けんばかり。

そうして満腹の腹を抱えた俺とポチは、そのまま寝床に入ってぐっすりと眠り……翌朝。

身支度と水浴びと朝餉を終えた俺とポチは、装備を身につけ、整え、堂々と出立すべく玄関へと足を向けた。

すると家族の皆が俺達を見送ってくれて……火打ち石での切り火と皆の声援に背を押されながらいざいかんと足を踏み出そうとした————その時、妹のリンが大声を張り上げる。

「あっ、忘れてた!!」

そう言って何処かへと駆けていったリンは、少しの間があってから二つの大小の笹包を持って玄関へと駆け戻ってくる。

「はい！　おむすび！　あっちで食べてね！」

俺に大きな笹包を、ポチに小さな笹包を差し出してそう言ってくるリンに、俺とポチは、

「おう、これを食って手柄を立ててくるよ！」

「あっ、この香り、コボルトクルミですね、コボルトクルミの甘露煮入りですね!!」

と、そんな声を返しながら包を受け取り、それぞれの腰の箱鞄の中へとしまい込む。

そうして俺とポチは、全身が沸き立つような初陣気分で江戸城へと足を向けたのだった。


異界迷宮《ダンジョン》。

異界のひび割れの残滓。

それは世界中のそこかしこに存在しているらしい。

ひび割れた空が、まるで稲妻かと思うような形でどんどんと広がっていって、地面の方へと下って行って……地面にまで至った時、固定された裂け目となり、異界迷宮となるのだそうだ。

そうやって出来上がった異界迷宮は、こちらから触れなければ何事も起こさず、ただ浮かんでいるだけで、幕府はそれを家屋敷や蔵などで覆い隠すことで、これまで隠蔽してきたのだそうだ。

この大江戸にある裂け目は全部で八つ。

そしてその全てが江戸城内部、大手門の向こうにあるんだそうだ。

そういう訳で俺達はまずは江戸城へと、大手門の向こうへと足を進める。

するとそこには既に異界迷宮へ潜った後なのか、それともこれから潜ろうとしているのか、いかにもな武装をした者達がおり……そいつらは俺達を目にするなり、あからさまな嘲笑を浮かべ始める。

どいつもこいつもど派手で、色鮮やかで、なんとも立派な戦国具足や大鎧を身につけていて……そんな連中からすると、俺達の地味な出で立ちは笑えるものなのだろう。

そうした嘲笑を受けた俺達は、ただ堂々と、この格好をよく見てくれと大股で百人番所——江戸城敷地内にある異界迷宮の中で、最も安全で、最も弱いとされている魔物が出る異界迷宮があるという、そこへと足を向ける。

そんな様子を見てなのか蔑みの声まで聞こえてくるが、気にせず足を進めて……百人番所へと辿り着くと、百人番所の大蔵の前に吉宗様と、牧田、ネイの姿がある。

事前に連絡をしていたとはいえ、まさか吉宗様までがこうして待ってくれているとは……。

俺達がすかさず深く頭を下げ、礼を言おうとすると、吉宗様は「よせよせ」と手を振って、大蔵の扉に手をかける。

そうしてその扉が開かれると、その向こうには何も置かれていねぇ空っぽの蔵の姿があり……その中央に、ぽかりと浮かんだ『裂け目』としか表現出来ねぇ何かがある。

……黒い稲妻を途中で切り取ったとでも言えば良いのか、空間を両手でひっ摑み、無理矢理裂いたと言えば良いのか。

兎にも角にも初めてその姿を目にした俺とポチは、思わず笑顔になり、興奮のあまりに体を震わ

せて……、

「これが武者震いか」

「これが武者震いですか」

と、異口同音に呟くのだった。

第二章――異界迷宮での戦い

ポチと頷き合い、見送りに来てくれた面々に頭を下げて……そうしてから俺とポチはその裂け目へと手を伸ばす。

何人もの江戸城関係者が既に『中』に入ったことがあり、入るだけなら危険はねぇと知ってはいるのだが、それでも心の何処かが恐怖を感じているのか、手を伸ばす速度はゆっくりとなり……そんな風に伸ばした手が裂け目に触れた瞬間――裂け目が蠢《うごめ》き、大きく開かれ……俺達はその裂け目に飲み込まれてしまう。

まるで意志を持っているかのような裂け目の動きに驚き、目を見開いていると、周囲に見えていた蔵の光景がぐにゃりと歪んで……その歪みが正されていくと同時に、周囲の景色が、木々が持つ幹の色やら青葉色やらに塗り潰されていく。

時間にして一秒か二秒か。

景色はそれ程の短時間で塗り潰されていって……そうして歪みが綺麗に正されたそこには、見たこともねぇ風変わりな草木が生い茂る、山林の景色が広がっていた。

「……分かっていたことだが、それでも驚いちまうなぁ、これは」

「……えぇ、驚くやら恐ろしいやら、事前に知っていなければ狂乱してしまっていたことでしょう」

そう言って俺とポチは、腰の刀に手をやりながら周囲を見渡す。

どうやら俺達が立っているのは山林の獣道であるようだ。

獣道にしては不気味な程真っ直ぐに前方へと続いていて……道の左右は木々が隙間なく生え揃うことで覆い尽くしている。

空を見ようと見上げてみても、そこにあるのは枝葉ばかりで、空は全く見えねぇのだが……不思議と太陽の光は届いていて、周囲が見通せるくらいには明るく、春心地といって良いくらいには暖かい。

そして後ろへと振り向くと、そこには先程触れた裂け目があり……、

「なるほど、これに触れればあの蔵に戻れるのか」

「……これに触れるか、最奥に至るかが帰還の手段、と。

知っていなければ本当に泣き喚いていたことでしょうねぇ……」

と、俺達はそんな言葉を呟く。

……ポチの言葉は決して大げさなものではねぇ。

流石異界と言うべきか、見たことも聞いたこともねぇ木々が、なんとも不自然な形で広がる、珍

妙不可思議なその光景は、見ているだけで言い様のねぇ恐怖が膨れ上がるもので……帰る手段を知っていなければ泣き喚いて当然、狂乱すらあり得ただろう。

「……ここに生えている木々が異界のそれで、この光景を見たことによりエルフやドワーフ達は帰還の可能性を信じた……と、そういうことか。

懐かしき故郷の光景を前にしながら、帰還出来ねぇと知った時の絶望たるや、尋常ではねぇんだろうなぁ」

「苔むした感じとか、所々にびっくりする程の巨木がある感じとか、写真で見た屋久島の光景にちょっと似ていますね。

……エルフさん達が屋久島を住処に選んだのも納得です」

そんな会話をしてから俺は壁となっている木々に手を伸ばし、ポチは地面の土や小石に手を伸ばし、触れようと試みる……が、不思議な力で阻まれてしまい、そうすることが出来ねぇ。

柔らかい壁があるというか、何かの力が抵抗しているというか、強風や川の流れに押されてしまっているような感覚によく似た何かがそこにあった。

試しに足を持ち上げ、地面を蹴ってみるが……土埃は上がらず、小石も飛ばず、硬い石床を蹴っているような感覚が足に伝わってくる。

「見せかけの世界……か、なるほどな。

景色に惑わされず、岩洞窟の中を歩いているくらいの感覚で居た方が良さそうだな」

「……でも、匂いは山林の中の匂いなんですねぇ。うぅん、不思議が過ぎて、理屈で理解するのは無理っぽいですね」

鼻を突き出し、すんすんと匂いを嗅ぎ集めながらそう言ったポチは、腰鞄の中から鉛筆と、厚紙を取り出し、そこに周囲の地図を記し始める。

この異界迷宮の中において、俺とポチの役割ははっきりしている。

俺は戦闘担当、兎に角敵を切り捨てる役。

ポチは索敵と頭脳担当、その優秀な耳と鼻で敵を見つけ出し、俺に知らせる役。

その敵がどんな敵であるかの情報を、事前に受け取った資料の中から探り、俺に教える役。

地図を作っての道案内役。

異界遺宝《ドロップアイテム》の収集、管理役……などなど。

江戸の世が築いてきた……それぞれの長所でもってお互いを助け合う、人とコボルトによる協力共同暮らし……それはきっとこの異界迷宮の中であっても通用することだろう。

それから俺は刀に手をやりながら敵……魔物がやってこねぇかの警戒をし続け、ポチは道の形や、特徴的な景色の絵図、そこに広がる匂いなどの細かい情報を地図に書き記していって……そのまま、何も起こらねぇまま時が過ぎていく。

少しばかり退屈ではあったが、これも必要なことだとぐっと堪えて、神経を尖らせていると、ポチがゆっくりと鉛筆を滑らせながらぽつりと言葉を漏らす。

「狼月さんは、この異界迷宮をどういう存在なのだと捉えていますか？」

「あん？　相変わらずの藪から棒だなぁ……どういう存在、か。珍妙不可思議！　八大地獄巡り！　ってところかね？」

「……狼月さんらしいですね、僕はお詫びの品なんじゃないかって考えています」

「……詫び？　誰から誰へのだ？」

「異界の神様から、貴方達江戸の人々へと……。

僕達みたいなよそ者を押し付けてごめんなさい、お詫びにこの便利な異界迷宮で便利な品々を――」

と、ポチがそこまで言ったところで、俺は鞘を鞘受けから外し、鐺《こじり》（鞘の先端のこと）でもってポチの鉢金を小突く。

「この大馬鹿野郎が。お前達は江戸生まれの江戸育ちの、立派な江戸っ子じゃねぇか、何がよそ者だよ、まったく……。

今も昔もこの大江戸には、お前等をよそ者だとか迷惑だとか、そんなことを考える馬鹿は一人たりとも存在してねぇよ！

それどころかよくぞ来てくれた、よくぞ友になってくれた、よくぞ江戸の世をここまで豊かにしてくれたと感謝する声ばっかりだろうが！」

俺がそう言うと、ポチは顔を上げて目を丸くしながら言葉を失う。

「もし、仮にお前の言う通り神だの仏だのの余計なお世話だったとしたら、今頃綱吉公が、権現様《徳川家康》と一緒になって、あの世で異界の神を相手取っての大立ち回りをしているに違いねぇよ。……どうせならば東照大権現《とうしょうだいごんげん》様からのありがたい贈り物くらいの、気の利いたことを言いやがれ」

　更に俺がそう言葉を続けると、ポチは小突かれた鉢金を撫でるようにして触って、位置を直し、目元を隠し……そうしてから地図を完成させるため、さらさらと、軽快に鉛筆を動かし始める。

　その様子を見た俺は熱のこもった鼻息を「ふんっ」と、荒く吐き出すのだった。

　ポチの地図作りが一段落するのを待ってから、俺達は獣道の奥へと足を進めることにした。刀へとそっと手をやり、いつ何処から襲われても良いようにと警戒を強めながら、すり足でもって少しずつ前へ、前へと。

　そんな俺の足元には耳をピンと立てて、鼻を懸命に鳴らすポチの姿があり……ポチと歩調を合わせながらゆっくりと慎重に歩を進めていく。

　そうやって数歩か、それとも数十歩か……大した距離も進まねぇうちに、今までの人生で感じたことのねぇ疑心が己の中で膨れ上がってくる。

　本当にこれで良いのか、この足の進め方で間違ってねぇのか、こんな構えで本当に敵に備えられているのかといった、そういった疑心だ。

ガキの頃から道場で十分な程に身体を鍛えてきた。職業柄荒事の経験は数え切れねぇ程ある。剣豪と呼ばれる連中と斬り結んだこともある――――だが、これから相手をするのは人ならざる魔物と呼ばれる連中だ。

この刀が、技が本当に通用するのか……今のこのすり足や取っている体勢も本当にこれで良いのかなど、様々な疑念が生まれ出て、心を乱してくる。

事前に刀は抜いておいた方が良いんじゃねぇか、すり足なんかではなくもっと良い別の歩き方があるんじゃねぇか……こんな心の在り方で本当に戦えるのかなど、そんなことを考えて考え続けて、目眩を感じ、視界が狭まってきた……その時だった。

足元のポチが俺の脚をポンポンと叩いてくる。

一体何事かとポチの方へと視線をやると、ポチは俺のことを見上げながら、その表情と目でもって「狼月さんなら大丈夫」と語りかけてきて……俺は大きく息を吐き出す。

……どうやら俺はまともに呼吸をすることすら出来ていなかったようだ。

何度かの深呼吸の後に、落ち着いた心とまともな視界を取り戻した俺は、ポチに向かって頷いて……俺一人で敵わぬ相手でも、ポチが居るのだからなんとかなるだろうと開き直り、慣れた動作が一番だとすり足でもって歩を進めていく。

すると人間二人が並んで歩けるかどうかといった幅の道が、じわりじわりと広がりを見せてきて……その先にちょっとした広い空間、木々に囲われた土床の広間といった様子の空間が見えてくる。

そして広間が見えてきたのと同時にポチの鼻がピクリと反応し、ポチがその手を上げてこの先に敵が居ると手仕草でもって伝えてくる。

俺の目にはまだ何も見えていねぇが、それでも広間には何者かが居るようで……動きを止めた俺とポチは気配を殺しながら広間の様子を窺って……そうしてから、お互いの目を見て頷き合い、慎重に、音を立てぬように足を進めていく。

そうやって少しの距離を進むと広間の中央に、子供くらいの大きさの何者かの姿が見えて……瞬間、俺とポチは身を屈め、そうしながらその何者かの様子を窺う。

そんなことをするくらいならば物陰か何かに隠れた方が良かったのだろうが……生憎ここは何もねぇ一本道、こうやって身を小さくすることしか出来ねぇ。

それでも一応効果はあったようで……何者かはこちらに気付かねぇまま広間をうろうろと、右往左往とし続けている。

「ありゃぁ一体何者だ……」

口の中で呟くような、小さな声で俺がそう言うと、ポチはこくりと頷いて腰の箱鞄から遠眼鏡を取り出し、相手の様子を仔細に観察し始める。

そうして少しの間があってからポチは、俺に聞こえるように俺よりいくらか大きな声で呟いてくる。

「青色の肌に、大きく裂けた口に鋭い牙に醜悪な顔。

　歪ませた寸胴お鍋を鎧にして、丸いお鍋を兜にして、お鍋の蓋を盾にして、包丁を武器にしている……通称『小鬼』ですね」

「小鬼？」

「はい、異界では大昔に滅んだ魔物だとかで、ゴブリンというその名と姿だけが言い伝えられていた存在だそうです。

　人の家などに入り込み、家具やらを盗み出して武装し、子供や小動物だけを狙って襲う、非力ながら繁殖力と性根だけは凶悪で、とても厄介な魔物だそうです。

　異界ではかつて混沌時代、あるいは暗黒時代と呼ばれた、魔物達が闊歩する時代があり……その頃にはかなりの数が居たらしいのですが、被害が大き過ぎた為に真っ先に駆除されて、絶滅したとかなんとか。

　魔力などを持たず、突飛な行動をする訳でもなく、手にした武器で襲ってくるか、噛み付いてくるか、引っ掻いてくるかが小鬼の攻撃方法となります」

「なるほどな、繁殖力が凶悪ということは……他にも仲間が居て、凶悪とまで言われる性根からして、あの広場の何処かに潜んでいる可能性もあるか」

「あり……ますかねぇ？　そもそもあれは異界迷宮が生み出した仮初の、幻影みたいな存在なので繁殖をするのやらしないのやら……まぁ、警戒するに越したことはありませんね」

「ふぅむ、よく分からねぇってならとりあえず……これで行ってみるか」

と、そう言って俺が腰の鞄から、念の為にと持って来た小さな鉄菱を取り出すと、それを見たポチはこくりと頷いて賛同してくれる。

それを受けて俺は鉄菱を指先で軽く挟み、立ち上がってしっかりと構えて、大きく振りかぶって小鬼目掛けて投げつけ……投げつけられた鉄菱は見事に命中し、小鬼の鍋鎧がカツンッと音を立てる。

そこで小鬼はようやく俺達に気付いて、こちらを見やりながら何やらギャーギャーと喚き始める。

……さて、連中はどうする？

こちらに襲いかかってくるか、それともそこで喚き続けるか、あるいは仲間を呼ぶか……。

あそこにいる一匹だけでこちらに襲いかかってくるのであれば楽に済みそうでありがてぇ。

そのままそこで喚き続けるなら、もう一度……いや、動きを見せるまで何度も何度もこの鉄菱を食らわせてやる。

仲間を呼んで複数で襲ってくるのであれば……少数ならば応戦し、多数ならば来た道を駆け戻り、江戸城へと逃げ帰るってのが一番だろう。

小さな身体ながらその数でもって襲いかかり、大人一人をあっという間に鎮圧する同心コボルト達の光景は見飽きるくらいに見ているからなぁ、油断は出来ねぇよなぁ。

相手がどんなに小さく非力そうな相手でも命を取り合う以上は本気でやらねぇとなぁと、俺とポチが構えを取っていると……広場の小鬼は、これでもかと喚いた後に、包丁を構えながらこちらへと、がむしゃらといった様子で駆けてくる。

「ポチ！　お前は警戒だ！　正面以外からの不意打ちに気をつけてくれ!!」

ここは摩訶不思議な異世界。

突然この壁といって良いのかも分からねぇ壁をかき分けて魔物が出てきたり、背後の地面から魔物が這い出てきたりするかもしれねぇ。

そう考えての俺の言葉にポチは頷いてくれて……俺は愛刀を鞘からさっと引き抜く。

そうして愛刀を片手でしっかりと握った俺は、駆けてくる小鬼を迎撃すべくもう片方の手を腰の鞄へと突っ込み……ありったけの鉄菱を俺達の前方にばら撒く。

そんな俺達の動きを無視して小鬼は、なんとも不格好な、がちゃがちゃと音を立てる鎧を上下に揺らしながらこちらへと駆けてくる。

駆けてきたその姿をよく見てみると、足にはただ布が巻いてあるのみで……それを見た俺はゆっくりと後方に下がりながら声を張り上げる。

「子供用の履物は盗めなかったか！　……いや、その足の大きさを見るに赤子用かぁ？　お前のような醜男に似合う赤子用の履物には、そう簡単にはお目にかかれねぇだろうなぁ!!」

言葉が通じるとも思えねぇが、兎に角足元に注意を行かせねぇようにと言葉で煽り、表情で煽り、ついでに手仕草でもって小鬼を煽り立てる。

するとか鬼はその青い顔を一段と濃い青色へと変えて、ギャーギャーと声を上げながら突き進んでくる。

そうしてそのまま鉄菱を撒いた一帯へと足を進めていって……、

と、鉄菱を踏んだ小鬼は悲鳴を上げながらつんのめって、その顔面を地面へと激しく叩きつける。

『ギャァァァァァァ!?』

「ここまで上手くいくとはな！」

そう声を上げながら俺は、一気に距離を詰め小鬼の背中を踏みつけて……そうしてその無防備となった首根っこ目掛けて全力で刀を突き立てる。

『————ァァァァァァ、ギャァッ!?』

すると喉を枯らさんばかりの悲鳴を上げ続けていた小鬼は、なんとも短い断末魔の声を上げながら青い血しぶきを周囲に撒き散らして……そうして息絶える。

その小鬼の姿をじっと見つめて、手に残った言い様のねぇ感触を確かめていると……そんな俺の下に駆け寄ってきたポチが声をかけてくる。

「……狼月さん、様子がおかしいです。魔物を討ったなら戦闘後にその死体やら血糊やらが綺麗さっぱり消え失せるという話だったのに、小鬼の死体がまだそこにあり続けています……その小鬼、まだ生きていたりしません？」

「お、おいおい……こんな細っこい首に刀が突き刺さったんだぞ？　何もかもが断たれて、息なんか出来る訳が――」

俺がそう言葉を返している最中、一体何処に隠れていたのか四体の小鬼が広場に姿を現し、こちらを鋭い目で睨み、先程の小鬼のようなギャーギャーとの金切り声を上げ始める。

「なるほど……まだ『戦闘後』では無かったと、そういうことですか」

「言ってる場合か!!」

呑気なことを言うポチにそう声を返した俺は、慌てて刀を構え直しながら小鬼の死体を蹴っ飛ばして、獣道の脇……目の前の連中に鉄菱を踏ませるのに邪魔にならねぇ位置へと移動させる。

「……いやー、流石にもうばれちゃっていると思いますよ？　相手がおとぼけ狸だとしても、それを踏んだりはしませんって」

そんなポチの言葉を聞き流しながら刀を構え直した俺は、じっと見やって小鬼達の様子を窺う。

すると小鬼達は広場で尚もギャーギャーと声を上げていて……どうやらポチの言葉通り、鉄菱の存在に気付いた上で警戒してしまっているようだ。

「一つ、このまま様子を窺う。

二つ、小鬼共を挑発してみる。

三つ、鉄菱を再度投擲してみる。

四つ、広場へ突貫。

……さぁ、どれを選ぶ」

小鬼達の様子を窺いながら俺がそう言うと、俺の数歩後ろに居るポチが、刀を引き抜く音をさせながら、言葉を返してくる。

「時をかけたからといって有利になる訳でもないので、一は却下。

二と三を試してみて……状況が動かないようなら四を選びましょう。

時間をかけ過ぎると更に数が増える可能性もあるので、焦らず慌てず、かつ迅速に行動しましょう」

「難しいことを言ってくれるなぁ!!」

そう声を返した俺は、まずは先程のように言葉と顔と仕草でもって小鬼達を挑発してみる。

……だが反応は良いとはいえず、仕方ねぇかと刀を左手に持ち替えながらしゃがみ込んだ俺は、ばらまいた鉄菱のうちの数個を拾い上げ、さっきみたいに振りかぶって力任せに投げつける。

広間の中央で横に広がる形で構えていた四体の小鬼のうちのどれかに当たりゃ良いかと適当に投げたその鉄菱は、思っていたよりも良い感じに飛んでいってくれて、ものの見事に一番右端に立っていた小鬼の顔へとぶち当たる。

その手に持っている盾を構えていれば良かったろうに、そうしていなかった小鬼は、鉄菱の尖りをよりにもよってその目で受けてしまったようで、目を両手で押さえながら膝から崩れ落ち、

『ギュォォォォォ……』

と、声を上げながら悶え苦しみ始める。

その様子を見て俺は、拾い上げた鉄菱のいくつかを小鬼達に見えるように手の中で遊ばせながら……なんともわざとらしい、にやりとした大きな笑みを浮かべる。

『次はこれをお前達の目に当ててやるぞ！』

そんな俺の言外の言葉が小鬼達に通じたのかは定かではねぇが、兎にも角にも結果として残りの小鬼達全てが半狂乱になりながらこちらへと駆け出してくる。

そして半狂乱になりながらもその先頭を駆ける小鬼が、残りわずかとなった地面の上の鉄菱を指差して、

『ギュオ！　ギュオ！　ギュォォォ！』

と、後ろの小鬼達に向けてなのか、言葉を話している風な声を上げる。

あれに気をつけろだとか、大した数はねぇから適当に避けろだとか、恐らくはそんなことを言っているのだろう。

こりゃぁもう鉄菱を使っても効果はねぇようだと考えた俺は手の中で遊ばせていた鉄菱を適当に放り投げ……刀を持ち替えしっかりと構える。

「ポチ、お前は下がって警戒を続けてくれ、ひとまず俺が一人でやってみるからよ」

と、そう言って小鬼の到来を待ち構えていると、ポチの気配が後方へと下がっていき、それと同時に小鬼達の気配がすぐ目の前まで迫ってくる。

子供のような大きさ、駆ける速さは中々のもの、手にした包丁は手入れがされてねぇようだが、

それでも十分な殺傷力はありそうだ。

爪も牙も鋭く武器が無くともそれなりの怪我はさせられそうで……やらなければやられるな、との覚悟を決めた俺は、先頭を駆ける小鬼が間合いに入り込むその瞬間に合わせて構えた刀を振り下ろす。

小鬼は回避をすることなく兜代わりのぼろぼろの鍋でもってその一撃を受けて……あっさりと、悲鳴を上げる間もなく鍋ごと真っ二つになる。

「いくら鍋っても、そんなにぼろぼろじゃぁなぁ……鉄も薄っぺらくて質が悪そうだ」

残るは二匹、先頭の一匹がやられても二匹は変わらず半狂乱でがむしゃらで、足を止めることなくこちらに突っ込んでくる。

そんな二匹を睨みながら振り下ろした刀を振り上げ、構え直した俺は……鉄菱を踏まねぇようにしながら大きく踏み出し、横薙ぎでもって二匹同時に斬ってやろうとの攻撃を繰り出す。

……が、思惑通りにはいかず横薙ぎを食らったのは一匹のみで、残った一匹は俺の狙いを読んだのか、足を止めることで俺の一撃を回避していた。

横薙ぎを食らった方は胴代わりの鍋が仕事をしてくれたのか傷は浅く、そこから青色の血を流しながら悶えていて……そして見事な回避を決めた一匹は、そのことで得意になったのか、歪んだ笑みを浮かべながらこちらへと突っ込んでくる。

間合いの内側に入り込まれて、刀を構え直している暇はなく、切り返しも間に合うかどうか微妙な所で……ならばと俺は蹴りを放って駆けてくる小鬼のことを蹴っ飛ばす。

牧田が鉄板を仕込んでくれた特性の革履物だ、包丁や牙での反撃くらいなら防いでくれるだろうと考えての蹴りだった訳だが、思惑は見事に成功、小鬼が適当に振り回してきた包丁を見事に弾き、思いっきり小鬼のことをぶっ飛ばしてくれて、小鬼はそのままぶっ倒れて、起き上がってくる気配はねぇ。

「草鞋じゃぁこうはいかなかったなぁ!!」

そんな声を上げながら俺は、横薙ぎを食らって悶えていた小鬼へとどめの一撃を放ち……そうしてから蹴飛ばした小鬼の方へと足を進め、そいつにもとどめの一撃を放つ。

どちらも首を狙っての突きで、それで見事に小鬼の命は絶たれ……それでも小鬼達の死体が消えることはなく「どうなってんだ?」と俺が首を傾げていると……俺の足元へとやってきたポチが、広間の方で倒れ伏している先程目に鉄菱を食らった小鬼のことをその指でもって指し示す。

「あ、あいつがいたか」

その小鬼は痛みのせいか、それとも出血のせいか、倒れ伏したままほとんど動きを見せておらず……そんな状態ではあるとは言え、敵の存在を見逃してしまっていた俺は、なんとも言えねぇ気恥ずかしさに襲われてしまう。

そんな俺に対してポチは『油断し過ぎですよ』と、半目での視線でもって伝えてきて……油断をしていた訳じゃぁねぇんだがなぁと思いながらも、反論の余地がねぇ俺は黙って頷き……その小鬼の方へと足を進めていく。

勿論新たな小鬼が現れる可能性もあるにはあったので、十分に警戒をしながら足を進めて……人為的に作られたような独特の空間となっている広場へと向かう。

獣道と違ってかなりの広さがあるそこには、倒れ伏す小鬼以外の気配はなく……くんくんくんと音を立てているポチの鼻も、ぴんと立てられた耳も無反応で、他に敵は居ねぇようだ。

それでも何かがあるとするならば、目を怪我しただけのその小鬼が何かを仕掛けてくる可能性だが……思った以上に傷が深いようで、小鬼はただ痛みに悶えるばかりで、俺達がすぐ側まで近付いても何かをしてくるような気配は全くねぇ。

ならもう少しでも早く楽にしてやるべきだろうと考えた俺はその首を断つべく、力を込めて刀を振り下ろす。

そうして刀が小鬼の首を断ち、そこから血しぶきが上がった……次の瞬間、小鬼の姿がその血しぶきごとその場からすぅっと消え失せる。

俺の刀についていた血や脂も、防具についていた血しぶきの跡も、何もかもが消え失せて……獣道の方へと視線をやれば、そこにあったはずの小鬼達の死体も綺麗さっぱりと消え失せていた。

「……本当に消えるたぁなぁ、さっきのさっきまであった熱も臭さも、何もかもが綺麗さっぱりだ」

そう言いながら周囲を見渡していると、同じく周囲に鼻を向けていたポチが、俺の方をじぃっと見やりながら言葉を返してくる。

「刀の汚れも、布切れの汚れも綺麗になっていますねぇ。狼月さんの刀の刃こぼれはしっかり残っていますので、奴らが居たことは確かなのですが……」

「ん!?　は、刃こぼれだと!?」

ポチの言葉に驚きながらそんな声を上げた俺が刀を確認すると……確かにちょいちょいと刃こぼれをしてしまっている。

いやまぁ、質が良くねぇとはいえ鍋なんかを斬れば仕方ねぇことなのかもしれねぇが……それでも上手く斬ればそんなことにはならなかったはずで、俺はちょっとした衝撃を受けたようにふらついてしまう。

人間ではねぇ魔物という化け物との、この奇妙な世界での戦闘……恐怖があったのか、それとも緊張していたのか……親父に知られたら説教されちまうかもなぁ。

そんな風に刃こぼれは残っていても、小鬼の残滓は一切残っておらず……「はぁ」とため息を吐き出し、それで気持ちを切り替えた俺は、刀を鞘に収めながら言葉を吐き出す。

「どうせなら刃こぼれも消えてくれりゃぁ良いだろうになぁ……いやはやまったく、この異界迷宮《ダンジョン》ってのは珍妙不可思議にも程があるなぁ」

するとその直後、まるで俺の言葉に反応したかのような折に一段と不可思議な現象が目の前で起こってしまう。

空中に突然淡い光が現れたかと思ったら、その光の中に何かが現れて……それがぽとりと地面に落ちたのだ。

地面に落ちても尚、それは淡い光を放っていて……その現象に俺が唖然とする中、ポチが声を上げる。

「……これが例の異界遺宝《ドロップアイテム》ですか。まさか本当に何処からともなく落ちてくるとは……」

そう言ってポチは淡い光を上げ続けるそれに、そっとその手を伸ばすのだった。

第三章――異界迷宮の謎

ポチが手を伸ばし、それを掴み上げると、不思議なことにそれは纏っていた淡い光を少しずつ失っていって……それ本来の、あるべき姿を取り戻す。

そしてポチの手の中にあるそれをじっと見つめた俺達は……何と言って良いのやら分からず、黙り込んでしまう。

……いや、それが何であるのかはひと目見れば分かることなのだが、まさかこんなしょうもねぇ物がこの異界迷宮《ダンジョン》で手に入るなんて……と、そんなことを思わずにはいられねぇ程にそれはしょうもねぇ物だった。

「蓋……ですね」

「蓋……だな」

思わずぽつりと呟いたポチに、思わずぽつりと返す俺。

錆びた鉄製と思われるそれは、形から察するに急須か香炉辺りの蓋だった。

蓋だけあって一体どうしろと言うのか。

挙句の果てにそれは、どうしようもねぇ程に錆びきってしまっていて……どう見ても『ごみ』と呼ばれる類の代物であった。

「……それ、鉄か？」

俺がそう言うとポチは鼻をすんすんと鳴らし……それの匂いを確かめ、

「はい、鉄ですね、見事なまでに錆びた鉄です、ちょっとなんかこう……焼いた草の匂いが染み付いているので、恐らくは香炉の類の蓋です」

と、言葉を返してくる。

やはり鉄か。

ミスリルとかいう、あちらにしかねぇ金属であればまだ話は違ったのだが……と、落胆した俺は、やれやれと首を左右に振りながらため息を吐き出す。

ポチも同様に息を吐き出し……そうして俺達は背負鞄をぐいと肩から外して手に持ってから、くるりと身を翻し背中合わせになりながら、すとんとその場に……広場の中央に座り込む。

ポチの背中を俺の背中が受け止めるという形で、お互いの死角を補う形で胡座《あぐら》をかいた俺達は、背負鞄をそこらに置いて、再度のため息を吐き出してから……十分に警戒しながらの休憩へと突入する。

「……大した敵じゃぁなかったし、大したこともしてねぇんだが、なんだか随分と疲れちまったなぁ」

「荒事には慣れていますが、殺し合いには慣れていませんからねぇ。その上、相手は見たこともない異形の化け物です。……化け物が確かな殺気を放ちながら襲ってくるだなんて、尋常のことではありませんからねぇ」

背後から聞こえてくるそんなポチの言葉を受けて俺は、肩を回し、腕を振り回し、拳を握ったり開いたりと繰り返して身体の具合を確かめる。

無駄に緊張し、無駄な力を込めたことから多少筋が強張っているが、疲れてはいねぇし、痛みなども全くねぇようだ。

「……なるほど、疲れているのは心の方か、異界の風景の中、異形の化け物を目にして、それを手ずから殺して、尋常ならざる血しぶきを身に浴びて……。

楽に勝てる小鬼が相手だから良かったものの、そうじゃねぇ奴が相手だったなら……まずいことになっていたかもなぁ」

「ここを最初の異界迷宮に選んで正解でしたね。

まずはここで殺気の飛び交う戦場というものに慣れて、心根を根本から鍛え直してからでないと、同格や格上の相手なんて、とてもではないですが相手に出来ないですよ。

戦国の世の人々ならいざ知らず、僕達は太平の世の人間……そもそも心が戦場に向いていないということですね」

そう言ってポチはごそごそと背負鞄の中から何かを取り出し始める。

それは音から察するに布か何かで……ポチはその布でもって先程の蓋を包み込み、そうして背負鞄の中へとしまい込む。

あんな物でも一応は異界産。江戸城で待っている吉宗様に届ける必要があるという訳か……。

……と、そこで俺はあることを思い出し、腰の箱鞄の蓋を開けて、中から笹包を取り出す。

紐を解き、笹の葉を広げて……リンが握ってくれたおむすびを顕にし、それをがしりと握ってがぶりと食う。

するとまずは海苔の香りが口いっぱいに広がって、次に芳醇な白米の香りが広がって、そしてほのかな塩味が舌を刺激してきて……もぐもぐと噛んだことにより生まれた白米の甘さが疲れた心に染み込み、心をこれでもかと癒やしてくれる。

「あっ！　なんですか、なんですか、もうおむすびを食べちゃっているのですか！　あーあーあー、まだまだお昼には遠いっていうのに……」

と、そんなことを言いながらもポチも食べたくなってしまったのか、ごそごそと音を立て始める。

……すんすんと鼻を鳴らす音が聞こえてきて、そしてもちゃりとおむすびに噛み付いたらしい音が聞こえてくる。

そんな音を耳にしながら、再度がぶりといくと……朱に染まった梅干しが姿を見せて、口の中をあの香りと酸っぱさが駆け巡る。

「リンの奴、分かってんなぁ、やっぱりおむすびにはこれだよ！　梅干しだよ、梅干し！」

「なーにを言っているんですか！　コボルトクルミの甘露煮こそ至高の具材です!!

この香り！　この歯ごたえ！　そしてこの甘さ！

お米がコボルトクルミを引き立て、コボルトクルミがお米を引き立てて……ああ、さいっこうです!!」

そんなことを言い合いながら俺達は、リンが握ってくれたおむすびを食べ尽くし……そうしてから水筒のねじり蓋を開けて、中の水出し茶をごくりと飲む。

そうして再びの……先程のそれとは込められた意味の違う、心地良いため息を吐き出し……俺達はそれで心の疲れを癒やし尽くす。

口の中に残るは白米と海苔と梅干しという大江戸の香り。

それがあるだけでこの風景も、まるで見慣れた光景かのように思えてくる。

そうやって落ち着いてみると、先程までの自分達の在り方が、先程の戦い方がどうしてもおかしく思えてしまって……。

「へ……へっへっへ、まったく何だよ、さっきの戦い方は！　あんな雑魚相手にびびりちらしちまって……！」

「……あっはっは、ご立派な防具があるっていうのに、本当に何をやっていたのでしょうねぇ」

「挙げ句に手に入ったのが錆びた蓋ってなぁ!!」

「本当に！　吉宗様も驚かれるに違いありません!!」

と、そんなことを言いながら小さく笑い……少しずつその笑いを大きくしていって、腹がよじれる程に大きく笑う。

そうして存分に笑った俺達は、自分の頬を自分の手でもって思いっきりばちんと叩き、気合と心根を入れ直す。

腹も膨れた、心も整った。

であれば後はこの異界迷宮を攻略するだけだ。

そんな想いを強く抱きながら、立ち上がって背負鞄をしょい直し……さぁ、行くぞと足を踏み出そうとした俺達は、そこでようやく鉄菱を回収していなかったことを思い出し……気合を空回りさせながら鉄菱を拾い集めるのだった。


鉄菱を一つ残らず拾い集めた俺達は、広場の奥にある道へと進み、異界迷宮の奥へ奥へと、ずんずんと足を進めていった。

その道は右に曲がったり左に曲がったり、あるいはくねくねと曲線を描いていたり、左右に分かれたりとしていて、その都度俺達は最大限の警戒しながら慎重に慎重に足を進めていって……順調過ぎる程順調に異界迷宮を踏破していった。

勿論その間、小鬼達が次から次へと姿を見せてきたのだが、一度勝ったのが良かったのか、それとも休憩したのが良かったのか……ある種の開き直りと経験を得た俺達の相手ではなく、鎧袖一触といった様子で全く苦戦することはなかった。

更に刃こぼれしてしまったとしても構いやしねぇ、折れたとしても構いやしねぇ。

そうなったらそうなったで、その時に改めてどうするのかを考えれば良い。

そんな思い切りでもって刀を振るうと不思議と刀が盾や鎧兜を避けてくれて、すんなりと小鬼の身体を切り裂いてくれたのだ。

無駄な力が抜けた結果か、今日までの鍛錬の成果か……最早小鬼達は俺達の敵ではなく、一切の怪我をすることなく、一度も攻撃を受けることなく、俺達は勝利し続けることになったのだ。

……あの空間に辿り着くまでは。

その空間は初めて小鬼と戦ったあの場所とよく似通った場所だった。

木々に囲まれ剝き出しとなった土床が広がり……先に続く道は一本であるかのように見える場所だった。

一度似た場所を通ったという経験から俺達は対して確かめもせずにそう信じ込んでしまって……その空間に居た四匹の小鬼を倒した所で、俺達はちょっとした……命をかけて挑むことになる異界迷宮においては致命的な油断をしてしまった。

まだ小鬼の死体が消えていねぇのに、異界遺宝が現れていねぇのに、だというのに油断してしまって納刀までしてしまって……そこに突然小鬼達が、木々で囲われて壁のように見えていた場所から現れて、俺達の方へと駆けてきやがったのだ。

先に続く道は一本ではなかった、その空間の左右にもあって……俺達はそれに気付きもせず、壁に触れて確かめることもせず、そうして小鬼達による不意打ちを許してしまった。

「この野郎!?」

そう声を上げた俺の刀は鞘の中、抜き放つ為に少しばかりの時間がかかってしまう。

「ここは僕が!!」

そう声を上げてポチが腰に下げていた短刀を、納刀も抜刀も容易いとされるコボルト刀をささっと引き抜く。

俺は今回の探索の中で、ポチに戦闘をさせるつもりは毛頭なかった。

妖怪やら魔物やらといった連中と命をかけて斬り結ぶなんざ、ポチには向いていねぇと考えていたし……何よりポチが望んでいねぇと、そう考えたからだ。

ポチはポチらしく、その知恵でもって活躍してくれたら良いと、そう思っていたのだが……どうやらそれは余計なお世話だったようだ。

俺の隣で刀を構えるポチの目には、自らの腕でもって魔物という存在を確かめてみたいとでも言いたげな、強い好奇心の色が宿っていて……そしてその強い好奇心に突き動かされてか、ポチが素早く鋭い動きでもってコボルト刀を振るう。

コボルト刀———コボルト達の身体の大きさに合わせた短刀、それは俺達の振るう刀とはちょいとばかし違う造りとなっている。

俺は刀匠ではねぇのでそこまで詳しくはねぇんだが、力ではなく速さでもって振るう為の造りになっているとかなんとかで、その刃の構造は異界にあったというなんとかという剣に近いものらしい。

素早く動き回りながら、その速さと全身の力を乗せてすれ違いざまに薙ぎ払う為の刀。

江戸の世と異界の融和のきっかけになったコボルト達への感謝を込めて、ドワーフの刀匠達が考案した全く新しい刀。

短く軽く、それでいて刃は鋭く、一度肌に触れれば深く長い切り傷を作る刀。

それがコボルト刀だ。

そしてポチはそんなコボルト刀だけでなく、俺を翻弄する程のすばしっこさまでを持つコボルトで……あっという間にこちらに駆けてきていた小鬼達が斬り刻まれていく。

盾を構えても、兜や鎧を頼りにしようとしても、ポチの振るう刀はそれらを鮮やかなまでの軌道で回避してみせて、空間を駆け回りながらのすれ違いざまに小鬼の肌と肉だけを見事に切り裂く。

「やるじゃねぇか!!」

刀を抜き放ちながらそんな声でもってポチを称賛した俺は、ポチを手伝うべく抜き放った刀を構える……が、ポチはそれよりも速く動いてこちらに駆けてきていた小鬼全てを斬ってみせて……そうして小鬼達は一匹残らず倒れ伏すことになる。

倒れ伏して動かなくなるか悶えるかして……そんな小鬼達にポチは容赦のねぇとどめの一撃を放っていって……そうして全ての小鬼にとどめの一撃が放たれた……が、それでも小鬼達の身体は消えず、異界遺宝は現れず……今度こそ油断しねぇぞと構えた俺とポチは周囲へと視線を巡らせる。

空間の中央に背中合わせに立って、見逃しのねぇようにしっかりと右から左へと睨みを利かしていると……それらが木々をかきわけながら姿を見せる。

小鬼そっくりの姿をしているのだが、小鬼にしては大きい、背丈は俺の腰か胸の辺りか、大鬼と呼ぶべきか……俺よりも大きくねぇからと中鬼とでも呼ぶべきか。

そんな中鬼は二匹、俺とポチそれぞれの目の前に現れて、俺とポチは無言で駆け出し、それぞれの目の前にいる中鬼へと刀を振るう。

腕が太く足が太く身体も横に大きく、それなりに筋肉もついていることもあってか、中鬼の装備は小鬼のそれよりも重量のある、かなり立派なものだった。

兜はちゃんと兜として作られたものだし、鎧もちゃんと鎧として作られたものを……多少の改造を加えるような形で身につけている。

人の身体に合わせて作ってあるらしいそれは、寸胴体形とも言える中鬼にとっては腰回りというか胴回りが合わなかったのだろう、その部分だけを無理矢理に広げられていて……なんともいびつな仕上がりになっている。

いびつではあるものの鉄の質自体は中々悪くなさそうで、刀でぶった斬るというのは難しいかもしれねぇな。

であればと、無防備にさらけ出されている中鬼の喉元狙って横薙ぎを放つが、中鬼はそれを手にした盾でもって……これまた立派な盾として作られた盾で弾いてきやがって、その隙にもう片方の手で握った短く無骨な剣を叩きつけるかのようにして振るってくる。

「遅いんだよ!!」

思わずそんな声が漏れる程に中鬼の動きは遅かった。

小鬼は小柄なこともあってか驚く程に素早かったのだが、中鬼はその身体のせいで素早さが完全に失われていて……これならまだそこらの山賊の方が良い動きをするだろう。

装備が立派なせいで、少しばかり厄介な相手ではあるものの、これならば苦戦しねぇだろうと俺は、喉元狙いの一撃を右から左から、突きも交えて何度も放っていく。

そうすると中鬼はもう防戦一方で、攻撃することも忘れて縮こまって盾にすがる有様で……挙げ句の果てには手にしていた剣を手放してしまう。

相手に武器がねぇなら、こっちも防御や回避を考えなくて済む訳で、ただただ攻撃を繰り返していりゃぁ良い訳で……何度かの攻撃を放った後に、足でもってその盾を思いっきりに蹴飛ばして、その勢いでもって中鬼を転ばしてやる。

すると中鬼は、受け身を取ろうとでもしたのか、盾を手放し両手を地面の方へと向けて……そうして無防備になった中鬼の喉元目掛けてとどめの一撃を力任せに突き立てる。

「……まだ数に任せて攻めてくる小鬼の方が厄介だったかもしれねぇな」

中鬼の首から血が吹き出るのを見やりながらそんな声を漏らしていると……後方からポチの声が響いてくる。

「うわぁぁ!?」

それは声というよりも悲鳴に近いもので……俺は大慌てで刀を引き抜き、後方へと振り返り、一体何があったんだ!? と目を皿にする。

するとそこには何かを投げつけている中鬼と、何かを投げつけられているポチの姿があり……どうやらポチは中鬼からの石礫《いしつぶて》の投擲を食らってしまっているようだった。

ポチと中鬼の距離は結構離れていて……中鬼の足や腕には小さなものではあるが、いくつかの切り傷がついている。

自分よりも大きい敵を相手するとなってポチは、可能な限り距離を取りながら、それでいてもう一匹の中鬼と戦闘中の俺の方に行かせまいと、適当な斬撃を放っていたようで……それに苛立った中鬼が石礫投擲という舐めた手段に出やがったようだ。

石礫を額に食らってポチは、痛そうに顔を歪めていて……それを見て俺は我を忘れねぇで済む程度に怒り、苛立ち……刀を握る手に力を込めながらその中鬼の下へと駆けていく。

「ろ、狼月さん、それは一体!?」

その時ポチがそんな声を上げてくる。

「それってのは何のことだよ!!」

中鬼に狙いを定めた俺はそんな声を返す。

「か、刀ですよ、刀！　その刀、一体全体どうして燃えちゃっているんですか!?」

何を言ってやがるんだ、このポチ野郎はよう！

と、そんなことを考えながら俺の目には舐めた真似をした中鬼の姿しか映っておらず、一体何がどうしたのか、目を大きく見開き、困惑した様子を見せてくるそいつに目掛けて振り上げた刀を振り下ろす。

すると普段であれば銀色一閃、刀が描く綺麗な一本線が見えるもんなんだが、何故だか真っ赤な……まるで炎のような一閃が俺の目の前に現れる。

そしてそれを受けた中鬼はどういう訳なのか燃え上がり、炎に包まれながら悶えに悶えて……そうしてばたりと地面に倒れ伏す。

「は？　え？　はぁ??」

それを見てそんな声を上げた俺は、改めて自らが持つ刀へと視線をやり……その刀身が燃えているというか、炎を纏っているというか、そんな光景を見て大慌てで刀を手放す。

自分の手までが燃えたら大事《おおごと》だと考えてそうした訳だが……どういうことなのか刀は手放した途端、いつも通りの姿に戻り……先程まで確かに燃えていたはずの炎は綺麗さっぱりと消えてしまう

のだった。

「恐らくあれは魔力の炎ですね」

それからあれこれと検証した結果、ポチが出した結論はそんな内容だった。

本物の炎とはまた別の、魔力と呼ばれる異界に存在している力によって生み出された摩訶不思議な炎に似た何か……ということらしい。

「いやいやいや、俺ぁ魔力なんて訳の分からん力は持ってねぇぞ」

ポチの言葉に対して俺がそう返すと、ポチはこくりと頷いてから、こんこんと語り始める。

「魔力というのは主に異界で使われている力で、実は僕達コボルトも少量ながら持っていたりするんですが……狼月さんのようなこちらの人間に使えないのかというと、そういう訳でもないんです。

滝行とか苦行とか、そういった修行の果てに身につけて、俗に言うところの神通力みたいな力として使いこなす方々もいますし……陰陽師の皆さんなんかは割と普通に生活の中でも利用しちゃっているみたいですよ。

……で、そういった修行をしていない狼月さんが何故使えたのかと言えば、恐らくはこの異界迷宮の影響、なんでしょうね。

異界迷宮に入ったことでそうなったのか、何度かの戦闘を経た結果そうなったのかは謎ですが……元々そういう才能を持っていて、迷宮の影響か戦闘の影響かで覚醒した、とかそんな感じなのでしょう。

細かいことはもっと検証しなければ分かりませんが……ま、便利なんだし、気にしないで使っちゃえば良いんじゃないですかね？」

なんとも軽い態度でそんなことを言ってくるポチに俺は……、

「ま、それもそうか」

と、そう返して頷く。

深く考えてもどうにもならねぇ、とにかく悪い力じゃぁねんだから気にせず使えば良い。

もちろんこれからも色々と試して確認していくし、危険なようなら使わねぇようにもするが……とりあえず軽く検証した結果、炎を纏わせるのも消すのも俺の自由に出来るようだし、それなら便利な道具の一つくらいに思っておけば良いはずだ。

何かあったらその時はその時でまた考えたら良いだろう。

そうしてあっさりと刀を燃やすことの出来る変な力を受け入れた俺とポチは、改めて異界迷宮の探索を再開させるのだった。


そうしてどれ程の時間が経っただろうか。

いくつもの通路を通り、いくつもの広場を過ぎ、何十匹という小鬼達に勝利して……俺達はそれまでの広場とは段違いに広く、木漏れ日と花々に囲まれた……先に進む道のねぇ、行き止まりの広場へと到達した。

……どうやらこの異界迷宮はここが終着であるらしい。

周囲を警戒しても小鬼達の気配はなく、これといった仕掛けのようなものもねぇようで……俺達は一旦そこで足を止めて、先程の休憩のように背中合わせに腰を下ろし、休憩をしながらここまでの戦利品、異界遺宝の確認と整理をし始めた。

「えーっと……錆びた鉄製のスプーンに、錆びている上に先の折れ曲がった鉄製のフォーク。ぼろぼろで髪の毛すら切れそうにないナイフに、最初の蓋にそっくりの蓋が続けて三個……。それらの蓋と全く大きさが合わない錆びた香炉に……よく分からない赤色の石が一つ」

それぞれの鞄にしまってあった異界遺宝を取り出し、それが何であるかの再確認をし、それらの名前を目録に書き記しながら、一つ一つ丁寧に読み上げていくポチ。

……いやはやまったく、物の見事にごみばかりと言うか、碌でもねぇ物しかねぇなぁ。

「この異界迷宮の探索と研究は、最初期の頃に行われて……そうしてすぐにうち切られたそうだが、それも納得の内容だな。

あちらの世界に行けるような不可思議な力など全く感じねぇ、なんでもねぇただの獣道、小鬼達の巣窟だ。

それらの異界遺宝も、小鬼達の蒐集《しゅうしゅう》品だとか、生活に使っていた品だとか、そういう物なんだろうよ」

と、作業の手を進めながら俺がそう言うと、ポチもまた作業の手を進めながら言葉を返してくれる。

「……でしょうねぇ。

小鬼達の兜や鎧の様子からしても、研ぎだとか手入れだとかの知識は持っていなさそうですし……人里からこれらの品を盗んで、自らの生活に使って、そうして使い潰したってことなのでしょうね。

しかしなんだってまたそれらの品々が、異界遺宝なんて形でこちらの世界にやってくるのでしょうねぇ」

「さてなぁ、どれもこれもごみのような品……ってことで、あちらの世界の何者かがこちらの世界に捨てているってのはどうだ？

ここは異界のごみ捨て場で、それがたまたま江戸城と繋がっちまった——……とか」

「それは……無いと思いたいですねぇ。

仮にそれが事実だとして、そんなことを繰り返していたら、あちらの世界から鉄やら何やらがどんどんと失われていって、何も無い世界になっちゃいますよ」

「あるいは、それが目的なのかもなぁ。

まずは異界の住人をこっちに引っ越しさせて、次に物を寄越していって、そうしてからあっちの世界を潰してしまう……とか、そういう目論見ってのはどうだ？」

「うぅん、仮にそれが正しいのだとした場合、では何故異界の人間達はこちらに来ないのかという話になっちゃいそうですね。

エルフさん達は、あちらの世界の排他的な人間達が、なんらかの呪法でもって自分達や僕達のご先祖様をあちらから追い出したと考えているそうで……そちらの方がまだ説得力がありますね」

「ならば全ては、その呪法の余波のせいってのはどうだ。余波で異界迷宮が出来て、余波で物までがこっちに来ている。

小鬼達はあれだ、呪法が失敗したか何かで半端に……魂だけでこっちに来ちまって、それでああして霞《かすみ》のような存在になっちまったとか」

「あ〜……割と説得力はありますね、何の確証も無いので支持は出来ませんけども」

「おいおい、それを言っちゃぁおしまいだろうが」

そんなことを言い合いながら俺達は異界遺宝の再確認を終えて、それらを鞄に丁寧にしまい込んでいく。

そうしてから水分補給をし、干し飯や干し芋やらを口に入れて、疲れた心と身体を癒やし――――。

「――――はぁ!?　な、何なんですか、あれは!?」

と、その途中でポチの悲鳴のような声が響いてくる。

俺はすぐ様に立ち上がって振り返り、まずポチの安全とその様子を確認し、そして次にポチの視線の先を確認した俺は、ポチと同様の

「は、はぁ!?」

との悲鳴を上げてしまう。

この広場に立ち入った際に俺達は、以前のような油断はしねぇぞと広場の内部も周囲も、ありとあらゆる場所を徹底的に調べた。

その際に、アレがソコにあったならば間違いなく俺達はその存在に気付いていたはずだ。

気付いていなかったということは、その際にはソコにアレは無かったはずで……つまり俺達が異界遺宝を確認したり、休憩したりしている間にアレが『生えて』きたって訳か……。

「いやいやいやいや……なんでここに『ドア』なんですか!?

森の中に突然ドアって……一体全体この異界迷宮はどういうつもりなんですか!?

もう少し取り合わせというか、相性ってものを考えてくださいよ!!」

ソレを睨んで、そんな訳の分からねぇ突っ込みを入れるポチ。

……が、言いたい気持ちはよく分かる。

エルフ達やドワーフ達がもたらした異界風の意匠の木製ドアが、どでんとそこに立っていたのだ。

ポチでなくても突っ込みを入れたくなるというものだろう。

「ど、どうするよ。アレを開いたら何があるのか、何が起こるのか……確かめてみるべき、か？

……ただこう、凄まじいまでの嫌な予感がするんだよな、ドアってのが特にそう思わせてくる。

何処かとんでもねぇ所に繋がってるだとか、とんでもねぇものがドアの向こうからやって来るとか、そんな予感がしてならねぇ」

「全くもって同感です。吉宗様から受け取った資料にはドアのことなんて一切何も書かれていませんでした。

と、いうことは新発見ということにはなるのですが、何が起こるか分からない以上、迂闊な手出しはしたくないですね。

……ただ仮に、あのドアに触れずに帰還したとして、またあのドアに出会えるって保障は無い訳でして……これが最初で最後の機会であるという可能性も否定出来ません」

そんなポチの言葉を噛み締めた俺は、ごくりと生唾を飲んで……ポチの顔をじっと見つめる。

するとポチは調べてみたいとの、好奇心でいっぱいの表情をこちらに向けてきて……その顔を受けて俺はこくりと頷く。

「正直俺は、異界に行くだのといったことに興味はねぇんだが……未だに帰りたがっているエルフやドワーフ達のことを思うと、な。

何百年って寿命を抱えながら帰ることの出来ねぇ故郷に思い焦がれ続けるってのは、地獄の苦しみなんだろうしなぁ……」

「……まさかこんなドアであちらに行けるなんて、そんなことは無いとは思いますが、何らかの糸口は得られるかもしれませんね」

そんな言い訳を口にした俺達は、胸の奥で弾み躍る好奇心をぐっと抑え込みながら、まずは広げていた異界遺宝を丁寧にしまい込み、鞄を背負い直し……戦いへの備えと、いつでも逃げられるようにとの備えを整える。

そうやって十分な備えをしてから、恐る恐る広場の隅、壁際にあるドアへと近付いていって……まずはその横側、裏側に何があるのかを確かめようとする。

……が、不思議な力でもってドアの裏に歩を進めることは出来ず、その裏側を覗くことも出来ねぇ。

距離を取ってから鉄菱を投げつけてみても傷は付かず……何度投げつけてみても全く無傷のままで、どうやら破壊なども出来ねぇようだ。

で、あれば仕方無しと、ポチに向かって合図をした俺は、ポチの了承の合図を受けてから、そのドアノブをがしりと握り……ゆっくりと回し、がちゃりと音を立てたドアをそっと引いて……出来上がった隙間から『向こう側』を覗き込む。

覗き込んで、その光景をしっかりと目に焼き付けて……そうしてから俺は、足元のポチの方を一瞬見て合図して、そうしてばたりとドアを閉じる。

閉じるなりドアに肩を当ててぐっと押し込んで、向こうからドアを開こうとしてもドアが開かねぇようにして……そうしてから小さなため息を一つ吐き出し、ゆっくり口を開く。

「鬼だったな」

「鬼でしたね」

俺の一言に対し、ポチが即答を返してくる。

ドアの向こう、森の最奥広場とも言える場所には、数え切れねぇ程の小鬼を従えた、俺よりも背が高く、体格の良い、中鬼をそのまま巨大化させたような、鬼としか言いようのねぇ魔物が仁王立ちしていたのだ。

出来の良い鉄製南蛮具足を着込み、驚かされる程に大きな剣と盾を構えて……その装備からしても、今まで相手にしてきた小鬼や中鬼とは全く別格の存在だということが分かる。

俺とポチが今も尚、全身でもってドアを押し込んでいるのは、その鬼がこちらにやって来るのを防ぐ為だったりする。

そのまま少しの時が過ぎて……、

「……何もしてきませんね」

「してこねぇな」

と、今度はポチが先に一言を呟き、俺が言葉を返す。

それから頷き合った俺達は、ドアからそっと身体を離し……再度ドアを開けて中の様子はどうなっているのかと、慎重に覗き込む。

すると鬼は先程の体勢のまま仁王立ちしていて……その周囲に居る小鬼達もそのまま、最奥広場で何もせずに立ち続けている。

「……この距離だ、目の前にあるこのドアが僅かでも開けば気付くだろうに、何もしてこねぇな」

「何もしてきませんね……こちらに気付いた様子も無いですし、このドアの向こうに入らない限りは何もしてこないというか、こちらに気付きもしないのでしょうか？」

「んな馬鹿なことが――――あーり得るのか、この異界迷宮なら。

何しろ存在からして珍妙不可思議だからなぁ……もしかしたらあいつらにはこのドアのことすら見えてねぇのかもなぁ……」

そう言って「ふぅむ」と唸り声を上げた俺は、一旦ドアを閉めてから、顎に手をやって悩み込む。

あの鬼はその体格からしても、装備からしても、厄介な強敵なのだろう。

勝てるかどうかも分からず……もしかしたら俺よりも強いかもしれねぇ。

更に厄介なのがあの小鬼の数だ。

二十かそこらの大群で、いくらあいつらの攻撃がこちらの防具を貫けねぇからといって、あの数で来られたなら十分な脅威となる。

あの数でもって脚を押さえ込まれて、その上であの鬼の剣が振り下ろされでもしたら……今の俺ではどうにも出来ねぇだろう。

で、あれば今の俺達がすべきことは……と、そう考えた俺は、ポチの方を見て、ポチがそんな俺のことを見返してきて……その目からポチが俺と同じ考えであることを感じ取る。

「撤退だな」

「撤退ですね」

ほぼ同時にそう呟いた俺達は、あの鬼が俺達を追いかけてきやしねぇかと、新たな小鬼が襲ってきやしねぇかと十分に警戒しながら、ポチ製の地図を手に異界迷宮の入り口へと駆け戻るのだった。

第四章――帰還、そして……

道中で新たな小鬼に襲われることもなく、無事平穏に入り口へと辿り着いた俺達は、あのひび割れに触れて、江戸城のあの蔵の中へと帰還した。

するとそこには、ずっと待ってくれていたのかよろず屋の女主人、澁澤ネイの姿があり……眼を泣きはらしたといった有様のネイが、わんわんと泣き喚きながらこちらへと駆けてくる。

一体何事だ!?

と、俺とポチが身構える中ネイは、俺の下へと駆けて来ようとしつつも、途中でなにか気が咎めることでもあったのか、方向を変えてポチの方へと駆けていって、倒れ込むかのような体勢になりながら、ポチのことをぎゅうと抱きしめる。

抱きしめてその体温を確かめて更にわんわんと泣き喚いたネイは……少しの間があってからどうにか気を落ち着かせて、居住まいを正してその場に座り込み、尚もポチを抱きしめたまま、ひっくひっくとしゃくり上げながらゆっくりと口を開く。

「い、生ぎででよがっだぁぁ……」

「お、おいおい、一体何があったんだよ!?　気丈なお前が人前で泣くなんざ、子供の頃以来じゃねぇか!?」

「そ、そうですよネイさんらしくないですよ！　っていうか、苦しいです!!　痛いです!?　緩めてくださいいいぃぃ!?」

俺とポチが続けてそう言葉を返すと、ネイは更にしゃくり上げて……そうしながらどうにか息を整えて、言葉を返してくる。

「あ、アンタ達、あの裂け目の向こうで死んだり、重症を負って動けなくなったりしたらどうなるか知ってる……？」

「あ？　あー……確か裂け目から吐き出されるんだった、か？」

「そうですね、資料にはそう書いてありましたね」

ネイの言葉に、蔵の天井を見上げながらそう返す俺とポチ。

徒党の全員が死ぬか、一歩も動けぬ程の重症を負うかして行動不能となると、異界迷宮はその場にいる全員と、持ち込んだ物の全てを一瞬にして吐き出すらしい。

それはどこまでも徹底したもので、髪の毛一本、武具の僅かな欠けごみすらも、逃すことなく吐き出されるのだとか。

「そ、そうよ。そうなのよ……！　アタシ、アンタ達を見送った後、他の裂け目がどんなものか、どんな連中が挑んでるのかを見に行ったんだけど……そしたら連中が裂け目に入って間もなく、次々と酷い有様の死体が吐き出されてきちゃったのよ!!

そのほとんどが死んじゃったし、良くて重症だし……何処もかしこも阿鼻叫喚の地獄絵図よ!!

それでアンタ達のことが心配になって、ここに来てみたら……アンタ達はいっくら待っても帰ってこないし、もう夕刻になるってのに帰ってこないし……!!

アタシはてっきり、死体すらも帰ってこられない程の、酷い目に遭っているとばかり……!!」

そう言ってネイは、再び泣き出してしまって、ぎゅうっとポチのことを抱きしめる。

そうしてポチがネイの涙に濡れて、ネイの締め付けに喘ぎ、悶える中……俺は他の異界迷宮で一体何があったのだと、呆然としてしまうのだった。


「よくぞ無事に戻ってくれた」

俺達が帰還したとの報を聞いた吉宗様から、直ちに顔を見せに来いと呼び出された俺達と、何を言っても何をしても俺達から離れようとしねぇネイの三人で、吉宗様の自室へと向かうと、なんとも慌ただしく、忙しなくコボルト達が駆け回る室内で、疲れきった顔をしている吉宗様からそんな言葉が放たれる。

吉宗様の顔を目にし、その言葉を耳にしたことでようやくネイは自分が今何をしているのか、何処に居るのかを理解したようで、その顔色を真っ青なものへと変えてしまうが……わざわざ特別な願いを提出して、入室許可を取りまでしたのだから、最後まで付き合って貰うとしよう。

そんなネイを引きずる形で吉宗様の自室へと入室し、履物を脱いだ俺達は、吉宗様に向かって頭を下げて……そうしてからその前まで進み、挨拶をし、許可を得た上でゆっくりと腰を下ろす。

腰を下ろし、そして大きな息を吐き出した俺とポチは、異界遺宝を鞄から取り出し、それらを吉宗様の前に並べて、異界迷宮で何があったのか、その全てを報告していく。

その報告の中で、ポチが描いた地図や、細々とした調査記録なども提出していって……異界遺宝と、その記録の数々を軽く見た吉宗様は、満足そうな表情となりこくりと頷く。

「大義であった。想定していた数以上の異界遺宝を持ち帰ってくれた上、新たな発見があったともなれば成果は十分に過ぎる。

その上怪我一つなく帰ってきてくれたのだ……褒美は弾ませてもらうぞ」

その言葉に俺とポチが深く頭を下げると、ぽかんとした顔で話を聞き流していたネイが、慌てた様子で俺達に追従する様子が、音や気配で伝わってくる。

商店主としてはかなりの腕を持ち、それなりの地位に居るネイだが、まだまだこういった所では未熟さがあるのだなぁと、小さく笑っていると、吉宗様から「頭を上げよ」との声があり……頭を上げた俺は、早速とばかりに吉宗様に質問を投げかける。

「……それで、他の異界迷宮で一体何があったと言うのですか？

ここにいる澁澤の話だと全滅と言って良い程の、かなりの犠牲者が出たとのことですが……」

するど吉宗様は、その顔を厳しいものへと変えて、そうしてから大きなため息を吐き出し……言葉を返してくる。

「全滅、というのはいささかの語弊があるな。

異界迷宮攻略の為に集めた連中の二割程が死んで、一割程が重い怪我を負ったが、残りの七割……お前達を含めたほとんどが怪我も無く存命している。

……とはいえそこの娘が嘘を言っているという訳でもない。

娘が目にした範囲で、という意味ではそのほとんどが死ぬか怪我を負うかしているからな……」

「それは一体全体どういうことで……？」

吉宗様の言葉に俺がそう返すと、吉宗様は傍らに置いてあった紙束……名簿と思われるそれをめくりながら説明をし始める。

「まず異界迷宮攻略の為に集めた連中の五割程はそもそも異界迷宮に挑んでおらず、旅籠や自宅にて待機している……いわゆる様子見、というやつだな。

期限がある訳でも無し、早い者勝ちという訳でも無し、であれば情報が出揃うまで様子を見るというのも一つの選択肢という訳だ。

お前達を含む残りの五割と、ビラを見て集まった江戸町民の何人かが異界迷宮に挑んだ訳だが……挑んだ連中の半数近く、全体から見ると二割程の連中が、異界迷宮に入った直後に、自らの未熟さや準備不足を理由に異界迷宮から脱出している。

異界迷宮の光景をひと目見た後、魔物をひと目見た後、魔物と一戦交えた後など、多少のばらつきはあるが、大体がその辺りで撤退を決意したとのことだ。

……そして、そこの娘が現場に到着したのは恐らく、そういった撤退組が居なくなってからのことなのだろう」

俺達が挑んだ異界迷宮は、この江戸城にある異界迷宮の中で、最も弱い魔物達が出現する最も安全な異界迷宮だとされている。

そしてその最も安全だとされている異界迷宮に挑んだのは俺とポチの二人だけ。

残りの連中が挑んだ他の異界迷宮にはあの小鬼よりも、強くて厄介な魔物達が出現するということになる訳で……各異界迷宮の詳細を記した事前情報からするに、他の異界迷宮にはあの時に見た『鬼』のような連中や、鬼を圧倒するような連中がうようよと……俺達が戦った小鬼と同じくらいの数、頻度で出現するのだろう。

「……それにしても三割もの数が全滅とは……。

まさかいきなり最高難度の異界迷宮に挑んだ連中が居たのですか？」

吉宗様の言葉をしっかりと噛み砕き、頭の中で情報を整理してから俺がそう言うと、吉宗様はなんとも無念だという表情をし、その顔を左右に振る。

「いや、犠牲者のほとんどが下から二番目、三番目の難度の異界迷宮で命を落としている。

重傷者達からどうにか話を聞き出したのだが……どいつもこいつも全くもって、ろくでも無い理由で死んでくれたものだ。

一匹の魔物にどうにかこうにか、己の全てをぶつけて勝てたから、次も勝てるはずだという理解に遠い慢心。

一切の警戒をしないまま、異界迷宮深部に駆け込んで、魔物に包囲されてしまっての全滅。

実戦向きではない飾り具足で挑んでの重症。最新式の旋条式種子島を持ち込んだは良いが、それを狭い室内で発砲して跳弾が起こっての重症。

小さな諍いからの仲間割れ。異界遺宝を奪おうとしての襲撃。手柄を独り占めする為の妨害やら何やら……

生き残った連中の半分は牢獄行きが決定する有様で、よくもまぁ余の顔に泥を塗ってくれたものだ……」

そう言って吉宗様は深いため息を吐き出す。

ネイが見たという、いくつもの惨死体やら血まみれの重傷者が異界迷宮の入り口から吐き出されるという衝撃的な光景は、江戸城内で働く職員や、騒ぎを聞きつけた観光客、興味半分での見学客など多くの人々が目にすることになったようだ。

となるとそこから、様々な噂が発生してしまうことは必定だろう。

その噂のほとんどが異界迷宮は危険な場所だと、吉宗様のせいで人死にが出たという内容になるであろうこともまた必定と言えて、そういった噂が異界迷宮攻略の……その先にある黒船計画の障害になると考えて吉宗様は心を痛めているようだ。

で、あればと一つの決心をした俺は、ポチのことをちらりと見やり、俺と同じ決心をしたらしいポチと共に頷き合ってから、異口同音に、

「そういうことなら俺達にお任せください」

「そういうことなら僕達にお任せください」

と、力をいっぱいに込めた言葉を投げかけるのだった。


「あ、アンタ達、昨日はあの方にあんなにも自信たっぷりなことを言っていたのに、いつまでこんな所に居るつもりなのよ」

翌日の昼前。

菓子屋の軒先で、春の日差しを存分に浴びながら、花の香りと瑞々しい蜜がそのまま封じ込まれたような蜂蜜羊羹をゆっくり味わっていると、隣に座った、いつもの着物ながら前掛けをしていないネイがそんな言葉をかけてくる。

それを受けて眉をぴくりと動かした俺とポチは……少しの間考え込んでから、構わずに次の羊羹へと手を伸ばす。

「む、無視するんじゃないわよ!! あの方のために悪い噂の払拭をするんじゃぁなかったの!?」

なんとも険しい顔でそんな大声を上げるネイに対し、俺は大きなため息を吐き出してから言葉を返す。

「だから、今、こうやって一生懸命、払拭に勤しんでるんじゃねぇか。キンキン声でがなり立ててばかりいねぇで、お前も羊羹を楽しめよ。支払いは俺達の奢りなんだからよ。

……あ、それともアレか？　餅菓子とかの方が良かったか？」

「……はい？　勤しんでいるもなにも、ただ菓子を食べているだけじゃないの……！」

そう言って声を荒らげるネイに再度のため息を吐き出した俺は、周囲を見回し……聞き耳を立てている者が居ねぇことを確認してから、ネイの方へと向き直り、いくらか小さめの声を上げる。

「悪い噂の払拭と聞いてお前がどんな想像をしていたかは知らねぇが……これが今出来る最善の策なんだよ。

俺とポチが異界迷宮に挑んだって話は、事前の支度を派手にしていただけあって、とうに江戸中に広まっている。

そこら辺の事情を知っているやつが今の俺達の姿を……大金を抱えて、金持ちの良い女を連れて、思う存分に道楽に耽っている俺達の姿を見たらどう思うか、考えてもみろよ」

俺がそう言うと、何故かネイは頬を赤らめて小さな動揺を見せて……そうしてそのまま黙り込んでしまう。

そんな様子のままいつまで経っても答えを返してこねぇので、仕方ねぇやつだなとため息を吐き出してから、言葉を続ける。

「異界迷宮を悠々と攻略し、大金を稼いで、そうして余裕の態度で遊んでいるんだと、そう思うにちげぇねぇ。

少なくとも今流れているような噂の、血生臭い印象とは一致しねぇはずだ。

ここはあくまで最初の一手で……これから俺達は数日をかけて、この大金を使い切る勢いで遊び倒すつもりだ。

そうやって江戸中を遊び歩けば、異界迷宮に行けばあんな風に遊べる程の大金が手に入るって類の良い噂が立ってくれるに違いねぇ。

悪い噂には良い噂で対抗するってのは常套手段なんだぜ。

……実際、この大金は今回の稼ぎによるものだからなぁ、嘘って訳でもねぇし、悪くねぇ手だろうが」

今回の異界迷宮探索に対し、吉宗様が用意してくれた報酬は思わず声を上げて驚いてしまう程の大金だった。

具体的には俺やポチの月給の三倍をゆうに超えるような大金だ。

報酬がまさかの大金となった理由は、新たな情報を得ただとかも少なからず影響しているが、何よりもあの赤い石を持ち帰ったことにある。

ただの石だと思ったあの石は、ドワーフの学者が調べたところによると、こちらの世界に存在していねぇと思われるあちらの世界のある山の、一部分にだけ存在する石なんだそうだ。

これといって特別な力がある訳でも、特別な使い方が出来る訳でもねぇんだが、好事家に売れそうな珍品を持ち帰ったということで特別な報酬が出たと、そういう訳だ。

……と、そんな俺の説明をどうにか呑み込んだらしいネイは、いくらか冷静さを取り戻し、口元を手で覆い隠しながら声を返してくる。

「……アタシはてっきり、立ってしまった悪い噂をかき消すために江戸中を奔走するとばかり……。たとえば異界迷宮で死んだ連中がいかに迂闊で、準備不足な連中だったとか、その人品の悪さが悲劇の原因だとか、そんな噂を流すとかさ」

「……まぁ、そういう手があるってのも否定はしねぇよ？　否定はしねぇがな、そんな手を使っちゃぁ、死んだ連中が浮かばれねぇだろうよ。

悪い結果になっちまったとはいえ、あいつらだって志があって異界迷宮に挑んだはずだ。

中にはあの方の役に立とうだとか、家族の為にだとか、そういった理由を持っていたやつも居ただろう。

だってのに、失敗しちまって死んじまったから悪く言ってやろうなんてのはちょっとな……。

仏様を悪くなんか言いたくねぇってのもあるし、そういった誹《そし》りの類は、最終的にこの計画の頭である、あの方への誹りに繋がりかねん……」

誰かに聞かれるかもしれねぇと、あえて名前を伏せているあの方のことは、心の底から尊敬しているし、俺もポチも今回の計画が上手くいくことを心から願っている。

そう願っているからこそ、後ろ暗い手段や、誹りに繋がるような手段は使いたくねぇ。

逆に今俺達がやろうとしている、大金を思いっきり使って遊び回るという手段はどうだ。

食い道楽というどこまでも明るくて楽しい手段な上に、店は繁盛し、俺達は存分なまでに豪遊を楽しめるという、誰も損をしねぇ手段となっている。

大金があまりにも大金過ぎて俺とポチだけじゃ使い切れそうにねぇと、事情を知っていて都合のつくネイを誘ってやった訳なんだから、あーだこーだと文句を言わず、素直に楽しんで欲しいもんだよ、まったく。

「ポール、ポリー、ポレットにリンさんに弥助さん……。

僕達の弟妹達も誘いたかったのですが、この時間は学校がありますからね……。

そういう訳でネイさん、僕達の道楽に付き合ってくださいな」

俺の言葉に続く形でポチがそう言うと、ネイは納得しきれていねぇという表情をしながらもこくりと頷いてくれる。

そんなネイの承諾を受けて俺とポチは、

「女将！　寒天菓子を追加でよろしくー！」

「あ、僕はおしるこで！　コボルトクルミをお餅の中にたっぷりと入れてくださいね！」

と、店の奥へと向けて大きな声を上げるのだった。

「甘いもんを食ったなら、次はやっぱりしょっぱいもんだよなぁ」

満足するまで甘味を堪能してから菓子屋を後にして、腹をどんと叩きながら俺がそう言うと、ポチは満足気な笑顔でこくりと頷いてくれて……ネイはまだ食べるのかとでも言いたげな表情を向けてくる。

「今日は遊び倒すって言っただろう？　まだまだこんなもんじゃぁ終わらねぇぞ」

と、ネイに向けてそう言った俺は……さて、どちらに行ったものかと視線を彷徨《さまよ》わせる。

しょっぱいものを求めて足を向けるならばやはり江戸港だろうか？

毎日毎日多くの魚介類が水揚げされる江戸港には、水揚げされたばかりの魚介類を塩焼き、味噌焼き、醤油焼きなどにして販売する多くの屋台が軒を連ねている。

港で働く者達や観光客達の食事として家庭の膳に上がる一品として、極上と言っても過言ではねぇ味を誇るその品々は……思い出すだけで涎が出てきてしまう程のもんだ。

あるいは江戸城近くの飯屋通《めしやどお》りだろうか？

江戸城で働く職員達の胃袋を掴んで離さねぇあの一帯には、古今東西のありとあらゆる料理が揃っている。

しょっぱいどころか、甘いも辛いも苦いすらもあそこに行けば味わうことが出来る。

そんなことを考えながら江戸港の方へと視線を向けて、さらに飯屋通りの方へと視線を向けた俺は、悩みに悩んだ末にネイへと声をかける。

「お前は何処か行きたい場所はあるか？　今の懐具合なら料亭でもなんでも、好きな所に連れていってやるぞ」

「何処かって言われてもねぇ……アタシは別に食い道楽って訳でもないし、そんなすぐには思いつかないわよ」

「んな難しく考える必要はねぇんだよ、こうやって腹に手を当ててだな、お前は何を食いたいんだと問いかけりゃぁ、自然と答えが——」

そう言いながら腹に手を当てた俺は……ふと頭の中にある食べ物の姿が浮かんできて、その名をぽろりと口にする。

「天ぷら」

「……天ぷら？」

ネイのそんな問いかけに頷いた俺は、とある天ぷら屋がある方へと視線を向けて言葉を続ける。

「江戸湾の魚介は勿論のこと、野菜やら擦った山芋やら薄切りの生姜やらを上手い具合に天ぷらにしてくれる店があるんだ。

さらっとした上質の油でもって揚げたばかりの天ぷらをだな、塩をかけるかつゆにつけるかして食うとだな……こんなに美味いもんがあったのかと天にも昇るような気分になれるんだ。ポチ達は牛鍋が最高の飯だと言うが、俺はやっぱり天ぷらだな……あの店の天ぷら程美味いもんはねぇと思っている」

俺のそんな言葉を耳にして、ネイはあまりピンと来ねぇのかこくりと首を傾げ、ポチはその味を思い出したのかごくりと生唾を飲み込んでから口を開く。

「……良いですね、天ぷら。僕も行きたくなってきましたよ」

ポチのその言葉に力強く頷いた俺は、未だにピンと来てねぇらしいネイを連れて、江戸城近くの飯屋通り――から少し外れた場所にあるその店へと足を進める。

なんでもねぇような家々が立ち並ぶ一画に、店とはとても思えねぇ見た目で建つその店の前には、目立つ気などさらさらねぇと言わんばかりの、地味で小さな看板が立っており『天麩羅　東《あずま》』との文字が書かれている。

これまた地味で特徴のねぇ暖簾をくぐり、店内へと入ると……客一人いねぇ店内が俺達を迎えてくれて、そのまま俺達は店の一番奥……店の主人が油鍋の支度を整えている調理場を眺めることの出来る横長の一等席へと、俺、ポチ、ネイの順番で腰を下ろす。

「……見ねぇ顔を連れて、何しに来やがった貧乏侍」

すると紺色の着物に白布の前掛けをし、白布の頭巾という清潔感のある格好をした店の主人が第一声、そんな言葉で歓迎してくれる。

「そりゃぁ当然、天ぷらを食いに来たんだろうよ。

それと、だ。今日の俺は店ごと食いつくせるくらいの懐具合だからな、歓迎してくれても良いんじゃねぇかな」

「……相変わらずの、客商売とは何ぞやと問いたくなるような口の悪さですねぇ」

俺とポチがそう言葉を返すと、荒く鼻息を吐き出した主人は、上質で小綺麗な紙で作られた品書きを、雑な言葉と共に差し出してくる。

「……時間が時間なんでな、酒の用意はしてねぇぞ。具材は全部揃っている、お前達が今日最初の客だからな」

品書きを受け取って、ポチとネイの方に差し出しながら一緒に眺めて……そうして主人が支度を進める中、うんうんと唸りながら悩んだ俺達は……、

「主人のおすすめでよろしく」

「じゃぁ僕もおすすめで」

「あ、じゃぁアタシもそれで」

と、最も楽な方法での注文を済ませる。

すると主人は大きなため息を吐き出してから、やれやれとばかりに顔を左右に振ってから、エルフ謹製の食材保存箱、氷櫃《こおりびつ》へと手を伸ばし……その中に敷き詰められたいくつもの具材の確認をし始める。

そうやって確認をした主人が最初に手に取ったのは山芋だった。

ドワーフ式自動汲み上げ井戸の水でもって丁寧に洗い、皮を剝いてからすり下ろし、すり下ろした山芋に醬油だの出汁だのの、いくつかの味を加える。

そうする間に火にかけておいた油鍋の温度を確かめてから、まずはと一枚の海苔を油の海に浮かべる。

ごわごわと良い音を油が上げる中、浮かんだ海苔の船にすり下ろした山芋を乗せて……山芋の重みで海苔が油の中へと沈み、山芋が良い感じにこんがりと揚がっていく。

その揚がり具合をじっと睨みながら穴あきおたまを構えた主人は……頃合いを見て油から海苔の船をすくい上げ、油を軽くきってから、上質な薄紙が敷かれた皿の上へと乗せる。

「……山芋だ」

そう言いながら差し出された皿を受け取った俺達は、箸立てから箸を取り、揚げたてのそれを口の中へと放り込む。

熱くて海苔の香りが強くてうんまくて……たまらねぇその一口に俺とポチとネイは、

「美味いっ」

「あっ、あっついあついあついあつい!?」

「あ、山芋の天ぷらって初めて食べたけど、美味しいもんなんだね」

と、それぞれに歓声を上げる。

その声を主人は一体どう受け止めたのか、無表情無言のままに次なる具材の仕込みをし始める。

そうしてごわごわと油がうねる音が店内に響き渡る中、飲み下した山芋の感触と、鼻に抜けてくる風味を楽しんでいると、店の主人が次の皿を差し出してくる。

「……筍《たけのこ》の天ぷらだ」

程良い大きさの筍を、天辺からいくつかに切り分けた姿のそれは、衣を纏いほかほかとした湯気を上げて、なんとも良い香りを放っていた。

早速とばかりに箸でつまんで口の中に放り込むと……しゃきしゃきとした良い食感と、いかにも春らしい筍の味が口の中いっぱいに広がってくる。

「あ～……やっぱ筍はたまらねぇなぁ。

隣の家から生えてきた筍を取り合うなんて笑い話があるが、そこまでしたくなるのも納得ってもんだ。

……そういや今年はまだ食ってねぇなぁ、筍ご飯」

「焼いてよし、蒸してよし、煮てよし、揚げてよし。

漬物に和え物に汁物にお刺身に……どうやって食べても美味しい筍ですが、天ぷらになるとまた格別ですねぇ」

「ん～～～……この味！　春って感じがして最高!!」

俺とポチとネイがそう言うと、店の主人は無言ながら機嫌を良くしたのか追加の筍を寄越してくれる。

　筍ならばいくらでも食べられるぞと、俺達が勢い良く箸を動かしていると、そこに本日の主役である海老の天ぷらを二尾ずつ乗せた皿が差し出されてくる。

「……海老の天ぷらだ、今日は良いのが入ったんだ」

　そう言いながら主人は、塩壺とつゆの入った深皿を寄越してきて、どちらでも好きな味付けで食べろと、その目線でもって語りかけてくる。

　俺は塩、ポチはつゆでネイもつゆ。

　見事に好みが分かれたなと、そんなことを考えながら味を付けた海老天を口の中へと放り込むと……そのあまりの美味さに、俺達は言葉を失ってしまう。

　海老天自体は何度も……家なんかでもお袋が揚げてくれたものを食べたことがある。

　それだって十分に美味いもんだったが……なんと言ったら良いのか、この海老天の美味さといったら、それらの海老天とは全くの別物だった。

　本職が……腕の良い職人が揚げたものなのだから、家で食うものより美味いのは当然なのだが、その当然の味を遥かに超えた、全く予想外の美味で……。

「もっとだ！　もっと海老をくれ！」

「僕もおかわりください!!」

「アタシも！　一尾や二尾じゃ全然足りないわ!!」

あまりの美味さに俺達は思わずといった感じでそんな声を上げることになり、主人は何も言わずに頷いて……俺達がまだかまだかと、待ちに待って待ちわびた頃に、海老天大盛りの皿をどかんと寄越してくる。

その皿を受け取った俺達が夢中で箸を進めていると……その皿で俺達の腹が満腹になってくれるだろうと考えたのか、包丁やらまな板やらを洗って整えて、と後片付けを始めた主人が声をかけてくる。

「……貧乏侍、お前が異界に行ったとかいう噂話は本当なのか？」

一瞬その言葉の意味が分からず、小首を傾げた俺は……数瞬の後に異界迷宮のことかと理解して、口の中のものを綺麗に飲み下してから口を開く。

「異界に行ったと言ってしまうと語弊があるな、異界迷宮って名前の……異界によく似た変な空間に行ったって感じだな」

「……懐に余裕があるってのはそこでの稼ぎのおかげか」

「ああ、異界迷宮で手に入る色々な品を持ち帰ると、幕府の方でその品を買い上げてくれるんだよ。俺とポチはたまさか珍しい小石を拾うことになってなぁ……それがまぁ、良い金になってくれたんだ」

俺がそう言うと、主人は一瞬だけ目を丸くし……そうしてから言葉を返してくる。

「……そっちのコボルトも行ったのか」

「ああ、ポチは博識家だし、幼馴染だけあって気心も知れていて連携も取れる。その上腕も立つからなぁ……実際に異界迷宮で出た魔物、小鬼を見事に討ち取っての大活躍だ……俺が今こうしていられるのもポチのおかげだよ」
「……魔物が出るって噂も本当なのか、そうすると人死にが出たというのも……」
「……あぁ。俺とポチは八つある異界迷宮の中で、最も安全で、最も弱い魔物が出るって話の異界迷宮に行ったんだが……それでもいくらかの恐ろしい目に遭ったし、最後の最後にはやばそうな魔物を目にして逃げの一手よ。

一番安全な異界迷宮でそれだからな、他の異界迷宮に行った連中は……まぁ、命を落とすこともあったろうな」

俺がそう言うと、主人は瞑目して「なんまんだぶ、なんまんだぶ」と呟き……そうしてから作業の方へと意識を向け始める。

俺はそんな主人のことをじっと見つめてから、わざとらしく懐の中の財布をじゃらりと鳴らして言葉を続ける。

「異界迷宮は確かに危険な場所で、俺達もこの澁澤の店で十分な備えをしたからこその生還だったが……この財布の重みを思うと行く価値は十分にありって所だろうな。

上様も人死にが出ちまったことを重く受け止めていらっしゃるようで、どんな魔物が居るとかの情報共有だとか、経験の浅いうちは危険な異界迷宮には行かせねぇといった対策を進めるとおっしやっていたし……ま、悪いようにはならねぇだろう。

……どうだい？　あんたも異界迷宮に行ってみるかい？」

そんな俺の言葉を受けて主人は、眉をぐいと釣り上げて物凄い表情を作り出す。

その表情のまま何かを言おうとした主人は……一旦言葉を呑み込んで、小さなため息を吐き出し、表情を整えてから口を開く。

「……馬鹿を言うんじゃねぇよ、切った張ったで食っていくなんて性に合う訳がねぇ。おれぁここで油を相手に商売して、そうして畳の上で死ぬって決めてるんだ」

主人らしいその言葉を受けて大きく笑った俺は、皿の上に残しておいた最後の海老天をがぶりと食べる。

その様子を半目で眺めていた主人は「ほらよ」との一言と共に人数分の茶を出してくれて……俺とポチとネイは、なんとも心地良い満足感に包まれながらその茶をぐいと飲み干すのだった。

天ぷらを存分なまでに堪能し、腹をいっぱいにして天ぷら屋を後にした俺達は江戸城平川門近くの医薬《いやく》通りへと足を向ける。

「油っぽいものを食べた後はやっぱり薬膳粥だよな。

あれでもって腹を落ち着かせてやれば、もたれることもなくすっきり爽快ってもんだ」

「良いですねー、生姜に本葛、コボルトクルミ！　それとエルフハーブもあれば文句無しです！」

「……ポチはコボルトクルミさえありゃぁなんでも良いんじゃねぇか……？」

そんなことを俺とポチが言い合う中、膨らんだ腹に手をやって少し気にした様子のネイも無言ながらこくりと頷いてみせて、それで構わねぇと伝えてくる。

綱吉公が積極的に蘭学を取り入れたことに加えて、コボルト、ドワーフ、エルフ達から全く新しい薬草やら知識やらがもたらされたことで、一気に発展することになった医学薬学を、腰を据えて研究し、大きく発展させようという目的で整備されたその通りには、医学薬学に関連した様々な店やら学問所やらが軒を連ねている。

『ここに来たなら誰でも医学を学べる、ここに来たなら誰でも健康になれる』

と、そんなお題目でもって綱吉公が太鼓判を押した医薬通りの効果は絶大で……綱吉公の時代の前と後では、人々の生活の在り方とその価値観が大きく変わったとまで言われている。

手洗いうがいを徹底し、身体は勿論、家の中や衣服やらも清潔にし、虫なんかはエルフが調合したお香で追い払い、旬のものを中心に、品目多く彩り良い食事をすることで病に負けねぇ身体を作る。

適度な運動をしたなら尚良しとされて……酒や煙草は害があるからと少しだけ肩身の狭い思いをすることになった。

そうして病は一気に減って、長寿になる者が一気に増えて……そうやって日々を穏やかに健やかに過ごせるようになったことも、今の太平を支えている一柱という訳だ。

「相変わらずここは薬臭いなぁ、おい」

医薬通りに入るなり、俺の口から思わずそんな言葉が溢れる。

ポチ達と比べてあんまり出来の良くねぇ俺の鼻だが、それでもそこら中に漂う薬臭さは嗅ぎ取ることが出来る。

そこら中の学問所や、通りに並ぶ屋台でもって、やれ漢方だやれ薬膳だのといった物が煮込まれていて……その湯気がもうもうと立ち込めているのだからそれも当然のことだろう。

今やその湯気すらもが健康に良いものだのなんだのともてはやされている有様で、通りのあちこちには散歩がてらに湯気を吸いに来た老人達の姿があるってんだからお笑い草だ。

しかしまぁ……この医薬通りのおかげで、七十歳、八十歳、九十歳を過ぎてもそうやって元気に歩けるというのだから、いやはやまったく凄まじいものだ。

そんな湯気を全身で浴びながら通りを歩き進んでいって……目的の薬膳粥屋台まであと一歩という所で、何か揉め事でもあったのか荒い声が何処からか聞こえてくる。

「どうやら平川門の辺りで何かあったようですね」

その耳をピンと立てながらそう言ってくるポチ。

耳の良いポチがそう言うのであれば間違いねぇのだろうと頷いた俺が、くるりと振り返ってネイの方へと視線をやると、ネイはこくりと頷いて、

「江戸城近くで揉め事となったらアンタの立場上、確認しない訳にもいかないでしょ。ぼうっとしてないでさっさといきましょう」

と、そう言ってくれる。

俺はネイに向けて「悪いな」との一言をかけてから踵を返し、足早に平川門へと向かう。

……が、どうやら揉め事は、俺達が到着する頃には終わってしまっていたようだ。

何処へいったのやら荒い声の主の姿も無く、野次馬連中もつまらなそうにその場を後にしていて……ただ一人の、コボルトの姿がそこにあるのみ。

白い割烹着に白い頭巾に、真っ白な毛に、柔らかそうな垂れ耳。

優しげなその目を見るに……どうやら女性であるようだ。

そのコボルトは重たげな荷箱を背負いながら、誰かに押されでもしたのか尻もちをついて……悲しげな表情をしたまま立ち上がれねぇでいる女性の下に、俺とポチは驚かさねぇようにとゆっくりと足を進める。

そうやってある程度まで近付いてから、同種族であるポチが出来る限りの柔らかい態度で声をかける。

「もし、そこのお嬢さん、お怪我はありませんか」

すると女性は悲しげな表情を振り払って、気丈な表情をこちらに向けながらか細く揺れる声を返してくる。

「は、はい、少し転んだだけですから……大丈夫です」

「そうかい、ならよかった。

……で、一体何事があったんだい？　俺はこれでも江戸城勤めでね、何か揉め事があったってんなら相談に乗るぜ」

女性の目の前まで足を進めて、膝を地面に突き立てた俺がそう言うと……女性はおずおずと、少しだけ言い辛そうにしながら何があったかを話し始める。

「いえ、その……私、こう見えて薬師でして……。

それでその、異界迷宮へ向かう方の助けになれないかと、江戸城に入っていく方々に声をかけていたのです。

『医は仁術』……人を助けてこその医学ですから、少しでも助けになればと……亡くなる方を少しでも減らすことが出来たらと思ったのですが……江戸城に入っていく皆様からは……その、あまり良くは思われなかったようでして……」

と、女性がそこまで口にしたところで、俺達の様子を窺っていたらしい野次馬の一人、恰幅の良いおばちゃんから声が上がる。

「いやぁ、ほんっとにその子が可哀想になるくらいにひどいもんだったよ！

女のくせにとか、コボルトのくせにとか！　そんな難癖つけて煙たがってさ！

最後の連中なんか、その子のことを蹴っ飛ばそうとしたんだよ!!

今時分のお江戸でコボルトにそんな態度を取るなんてね……妙な訛りをしていたし、余所者に違いないよ!!」

その声を受けて、俺とポチと、少し離れた場所に立つネイの口から「ははぁ」との声が漏れる。

綱吉公のお膝元であった江戸では、コボルトと共に在ること、コボルトと同じ家屋敷に住まうことは、綱吉公に習おうとのちょっとした流行を経ての常識となっている……が、他の地域、特に遠方ではそうではねぇ。

綱吉公の威光も虚しく、コボルトへの差別意識なんてものを持っている不届き者までいる始末で……この女性はなんとも運の悪いことに、異界迷宮目当てに入り込んだそういった連中に声をかけてしまったのだろう。

「なるほどなぁ、そりゃぁ災難だったなぁ」

と、そう呟いた俺は、顎を撫で回しながら女性のことを観察し……すぐ側に立つポチへと視線を投げかける。

するとポチは女性の顔や毛並み、その身につけている道具やらをつぶさに観察して……そうしてからゆっくりと口を開く。

「僕は良いと思いますよ、身なりは綺麗、身につけているものは上質、道具に関しても丁寧に使い込んでいます。

性根も悪くないようですし……染み込んだ薬の匂いは、薬師としての経験の長さを物語ってくれています」

「ほほう……それ程かい」

「ええ、異界迷宮内でのいざという時の助けとなることは勿論、普段の体調管理などでもありがたい助力を得られるに違いありません」

自分と同じコボルトにこれ程の薬師が居てくれたことが誇らしいと言わんばかりに、胸をぐいと張りながらそう言ってくるポチに、俺はこくりと頷いて……女性へと声をかける。

「なぁ、薬師のお嬢さん。こう見えてこの犬界狼月とそこに居るポチも異界迷宮に挑んでいる身でね……薬師として俺達の助けとなっちゃぁくれねぇかい？」

すると女性は、その口を大きく……顎が外れたのかと思う程に大きく開けて、ぽかんとした表情となってしまうのだった。


「私の名前はシャロンと言います！　よろしくお願いします！」

突然の俺の言葉にしばしの間呆然としてから……そう言ってくれたシャロンを連れて、俺達はまずはと薬膳屋へと足を向けた。

そうして薬膳屋にて一緒に粥を啜りながらお互いの話をしていって自己紹介を済ませて……油で

膨らんだ腹を落ち着かせた俺達は、食い道楽を切り上げ我が家へと戻り、我が家の隣に建つ道場へと足を向けた。

「シャロンは薬師だから戦いに参加する必要はねぇ……が、敵意を持った魔物がうろつく異界迷宮に行く以上はある程度の身体捌きが出来ねぇと、いざという時に余計な危険を招いてしまう可能性がある。

という訳でシャロン、異界迷宮に行くだとか装備を揃えるだとかの前に、まずはある程度の動きが出来るように、身体を鍛えることから始めよう」

道場に入るなり俺がそう言うと、道場なんかに足を運んで今から何をするのかと不安そうにしていたシャロンが安堵の表情を浮かべてこくりと頷く。

「なるほど……そういうことでしたか……ですが、そういうことであればご心配をいただく必要はありませんよ。

これでも私、それなりに鍛えていますので……。

今どきの女子としても、山歩きをする機会の多い薬師としても、護身の一つや二つ出来なければお話になりませんからね」

自信に満ちた表情でそう言うシャロンに、俺は感心したと頷き、道場の隅にネイと並んで座ったポチは小さく驚き、座りながら両の腕を組んだネイはうんうんと同調した様子で何度も頷く。

「そいつぁ見くびったようですまなかったな……で、あればだ、一度俺と手合わせするとしよう。

お互いの手管を知っていればこそ、背中を預けられるってもんだからな」

腕を回し、肩を回し、身体の筋を伸ばし温める俺のそんな言葉に、シャロンは少し難しい表情をしながら言葉を返してくる。

「あの……狼月さん、その手合わせとはどの程度の本気度でしたら良いのでしょうか？　私にとっての護身法とは基本的に、毒薬を使って相手の戦闘能力を奪う方法になるのですが……」

膝を曲げ、背中を曲げ、ぐいぐいと柔軟をしていた俺は、シャロンの口から飛び出た「毒薬」との単語を耳にするなり、ぴしりと動きを止めて硬直する。

「……ど、毒薬を使うのか？」

硬直したまま俺がそう尋ねると、シャロンはけろっとした顔で事も無げに物凄いことを言い始める。

「はい、勿論です。何しろ私は薬師ですから、薬と毒は表裏一体……毒もしっかりと使いこなしてこその薬師です。

たとえば野盗や熊に出会った時なんかは、目潰しの毒を使います。

他にも喉に絡まることで相手を咳き込ませ、呼吸させずに気絶させる毒とか、麻痺毒とかも使いますし……今まで一度も使ったことはないですが、フグ毒なんかも常に持ち歩くように心がけています」

その言葉を受けて俺は、姿勢を正してから片手を上げてシャロンを制止し……どうしたものだろうかと頭を悩ませる。

そうやって俺が顔色を悪くしながら頭を悩ませ続けていると、興味津々といった表情のポチから、疑問の声が上がる。

「あの、シャロンさん、毒薬を使うのは分かったのですが、野盗や熊に対しそれらの毒をどうやって投与するのですか？

飲ませるにしても、注射するにしても、ちょっとやそっとでは出来ないと思うのですが……」

するとシャロンは懐の中から変わった形状の部品の付いた紐を取り出し、それを手に持ってだらりと下げながら口を開く。

「こちらの投げ紐を使います。

この真ん中にある革で作った丸薬皿に丸薬を置いて……滑り止めの付いた紐の端をこうやって摑んで、ぐるぐると振り回して、その勢いでもって投げつける感じですね。

目潰しにしても呟き薬にしても、相手の顔にぶつければかなりの効果がありますし……それらの丸薬は何かに当たった直後に砕けるように、砕けた毒粉が周囲に飛び散りやすいようにとの細工をしていますので、近くの木とか足元に当てても、まぁまぁの効果が出ます。

子供の頃から練習している関係で、追いかけてくる熊から駆け逃げながら投げつけるという形でも、八割方当てる自身がありますね」

まるで当たり前のことだと言わんばかりに、さらりとそう言うシャロンに、俺は制止の手を上げたままごくりと喉を鳴らし……そうしてから口を開く。

「あー……シャロン。そのー……なんだ、無毒な丸薬とかはねぇのか？

流石に手合わせでなんかで、そういった毒を食らうことになるのは勘弁願いたいんだが……」

「んー……無毒ですか。

手持ちには無いですけど……そうですねぇ。

お米を砕いて粉にして、それを丸薬にするとかなら、少しのお時間を頂ければ作れますよ。

ただそれでも、粉が目に入れば痛いですし、喉に入れば咳き込むことになるかと思いますが……」

こくりと首を傾げながらそう言ってくるシャロンに、悩んで悩んで、悩みに悩んだ俺は項垂れながら「それで頼む」と、情けねぇ声を返すのだった。

それからシャロンは、台所のお袋に頼んでいくらかの古米を譲ってもらい、それをすり鉢でもって粉々になるまですり下ろし、いくらかの水と何かの粉を混ぜ込んで……と、手合わせ用の丸薬を作り始めた。

丸薬に混ぜ込まれたその粉が何なのか……毒じゃねぇのかとはらはらする俺に、シャロンは笑顔で「大丈夫ですよ」とそう言って、その粉こそが飛び散りやすくするための細工であり、工夫なのだと教えてくれる。

そうして出来上がった丸薬を、道場の外、陽の光の当たる場所に並べ置いて……乾燥しやすくする為という、また別種の粉をふりかけてから、うちわでもってそよ風を送り当てる。

そうやってそれなりの時間をかけて完成させた丸薬を、竹筒に入れて腰に下げたシャロンは、なんとも良い笑顔を浮かべて、

「準備完了です！　それでは狼月さん、お互いの背中を預け合う為にも、手合わせ頑張りましょう！」

と、そんな言葉を、これからの手合わせを思って戦々恐々とする俺に投げつけてくるのだった。

手合わせの準備が整い、道場の中央で俺とシャロンが構えを取ると、

「始め！」

とのポチの合図が道場内に響き渡り……木刀を構えた俺と、投げ紐を構えたシャロンが一斉に動き始める。

俺は一気に飛び込んでシャロンとの距離を詰めようとし、シャロンは一気に飛び退いて俺から距離を取ろうとし……そうしながら竹筒の底へと手をやって、仕掛けがあるらしい底蓋をぱかりと開き、そこから出てきた丸薬一つを手に取る。

その丸薬を皿に収めて、紐の持ち手をしっかりと握り、ぐるぐると回しながら道場の中を駆け回

るシャロン。

その動きはポチよりも素早く、鋭く……さてはて、どうやって近付いたものだろうかと俺は頭を悩ませる。

小さな身体で素早く逃げ回るポチも、いざ俺を攻撃しようと思ったなら俺の側、俺の手の届く距離まで近付く必要があるのだが、シャロンにはその必要が全くねぇ。

ああやって逃げ回りながら投げ紐を振り回し、力を込めて狙いを定めて、毒ということになっているあの米粉丸薬を俺に当てさえすれば良いのだ。

まったく厄介というかなんというか……コボルトと投げ紐、投げ紐と毒の相性、良過ぎだろう!!

「せいっ!」

そんな考え事をしている俺の頭目掛けて、投げ紐を思いっきりに振って一発目の丸薬を投擲するシャロン。

猛毒ということになっているそれを、紙一重で避ける訳にも、刀で受ける訳にもいかねぇ俺は、右へと大きく足を踏み込み、身体をぐいと曲げて丸薬を回避する。

すると丸薬が道場の壁へとぼふんと当たって、その周囲に米粉を……仮想毒粉を壁の周囲に撒き散らす。

「……あんなに大きく広がるのか!　あれを吸い込んでも駄目、目に入っても駄目、まったく厄介だな!」

その光景を見て俺がそんな声を上げると、シャロンは返事代わりとばかりに、

「せいっ！」

との声を上げて、二発目の丸薬を体勢の崩れている俺へと向けて投げてくる。

投げ紐を振り回す必要があるとはいえその動作は至極単純で、弓矢のそれと同じくらいの間隔で投擲することが出来るらしい。

床に転げて、転げた勢いでもって起き上がった俺は、逃げていてもじり貧だとがむしゃらにシャロンの方へと突撃する。

だがシャロンは、余裕を持って俺から逃げて、俺の攻撃全てを回避して、そうしながら三発目の丸薬の準備を整える。

山の中で熊から逃げたこともあるらしいからなぁ、平坦で安全な道場で、俺なんかから逃げるなんぞ朝飯前なのだろう。

ポチよりも素早い足でもって、回避にだけ専念していれば良いシャロンは、悠々と回避を続けて……そうしながら俺の隙を、毒丸薬を確実に当てることの出来る隙を探り続ける。

駆けて飛んで転がって、逃げて飛んで回避して。

そうやって終わりの見えねぇ鬼ごっこを続けていると、シャロンの息が乱れ始める。

どうやら持久力では俺に分があるようだ。

……とは言え俺も、かなりの疲れが溜まってきているので、この隙に勝負を決めてやろうと、一

気に距離を詰める――が、シャロンは俺がそうするのを読んでいたらしく、距離を詰めてくる俺の方へとひとっ飛びに突進してきて、そのまま俺の股の間をくぐり、俺の背後を取ることに成功する。

「せぇっいっ！」

直後。息を乱したままそんな声を上げるシャロン。

己の持久力の無さを自覚して、俺がそこを突いてくると読んだ上でのその投擲に、全く天晴なものだと感心しながら、その一撃を受けることを覚悟していると……ぽふんと、天井の方から丸薬が命中する音が聞こえてくる。

「ここで外すかぁ!?」

悲鳴に近いそんな声を上げながら、後ろを振り返り構えを取る俺と、次なる丸薬を竹筒から取り出そうとして……そうしてそのまま硬直するシャロン。

どうやら全ての丸薬を投げ切っての、弾切れのようだ。

「そこまで！」

それを見てか、ポチの合図が道場に響き渡る。

合図を受けて木刀を収めた俺が礼をすると、慌ててシャロンも礼をしてくれたのだろう、鋭い衣擦れの音が聞こえてくる。

そうしてから顔を上げて、笑い合う俺とシャロン。

するとそこにネイが駆け寄ってきて……ぺたんと床に座り込んだシャロンのことを抱き上げる。

「凄い凄い！　あの狼月に勝っちゃうなんて！」

「え、いえ、丸薬を使い切っちゃったので私の負けですよ……？」

ネイの突然の一言に、シャロンがそう返すが、ネイは全く耳を貸さずにシャロンを抱きすくめる。

そんなネイとシャロンの様子を、木刀を片付けながら眺めていると、ぺたぺたとの足音と共に近付いて来たポチが声をかけてくる。

「シャロンさんは良い戦力になってくれそうですね」

「ああ、あんなに動けるなら文句はねぇ。

腕が良い上に薬の知識があるとなったら、こっちから頭を下げて仲間になってくれと頼みたくなる程だ」

との俺の言葉に、ポチはこくりと頷いて……そうしてからその瞳をきらりと輝かせる。

「まったくですね、そしてこの手合わせのおかげで、シャロンさんの装備をどうするのか、僕達の装備をどう改良するかの良い案が思い浮かびました。

装備の改良をした上で、シャロンさんの力があれば、異界迷宮最奥のあの鬼を退治することも可能でしょう。

という訳で明日は、具足師さんのところに顔を出すとしましょう！」

そう言って「ふふふふ」と喉の奥で笑い声を上げるポチ。

どうやら余程の妙案を思いついてくれたようだ。

「まったくどいつもこいつも、頼もしい仲間を持って俺は幸せもんだよ」

と、そんな言葉を口にした俺は、ぐいと腕と肩と背中を伸ばしてから、兎にも角にも今日の所はこれで終いにしようと、そんなことを言いかけて……そうしてようやく道場内の惨状に気付く。

そこら中が汗まみれで米粉まみれで……元々積もっていた埃もあいまって酷い有様となってしまっている。

その光景を見て大きなため息を吐き出した俺は、まずは掃除からだなと、掃除道具のしまってある押入れの方へと足を向けるのだった。

第五章――――新たな装備

翌日。

俺とポチと、意外にも近所に住んでいたシャロンの三人で具足師牧田の工房へと足を運ぶと、工房内は以前とは打って変わっての慌ただしさに包まれていた。

若い具足師達が右へ左へと忙しそうに駆けていて……そんな工房の最奥で、どっしりと構えた牧田があれこれと指示を飛ばしている。

あまりの慌ただしさに、さて、どうしたものだろうかと俺達が怯んでいると、そんな俺達のことを見つけた牧田がどしどしと床を踏みしめながらこちらへとやって来る。

「おうおうおう！　ようやく来やがったか!!

普通はよう、女と遊び回る前にこっちに顔を出すもんだろうが!!

そうやって注文を済ませてから好きなだけ遊べば良いものを、全く何を考えてんだお前らは!!

……あー、それで？　今日は例の、お前が江戸中連れ回してたって例の美人は連れてねぇのかよ？」

牧田の突然の声にシャロンが怯む中、負けじと工房の中にどしどしと踏み入った俺が声を返す。

「澁澤はあれでも商売人なんだ、連日遊んで回れる程暇じゃねぇんだよ。今日も一緒に遊びたそうにしてはいたが……ま、それはまた今度になるだろうな。……しっかし、あの澁澤に会いたがるとは、具足師ってのは意外に商売っ気があるもんなんだな」

牧田の発した美人という言葉を無視してそう返すと、牧田はにぃっと笑って大声を上げてくる。

「そりゃぁお前ぇ、見ての通りよ！　だんじょん特需のおかげで景気が良いこと良いこと！　そういう訳で売り先としても仕入先としても、商売人との縁が欲しくて仕方ねぇんだよ！　だからよ、今度の機会があったらよ、あの澁澤の嬢ちゃんを紹介してくれや！」

その言葉に軽く手を振って応えた俺が、何はともあれ話をするために工房の奥へと足を進めると、牧田が俺を追い抜く形でどしどしと客間の方へと足を進めていって……ポチとシャロンが俺の後ろをゆっくりと追いかけてくる。

そうして客間へと到着し、先に腰を下ろしていた牧田の向かいに、俺、ポチ、シャロンという並びで腰を下ろす。

「で……今日は何の用だ」

俺達が腰を下ろすなりそう言ってくる牧田に、ずいと身を乗り出したポチが、牧田の目を見上げながら言葉を返す。

「ドワーフ達が鍛冶仕事の際にするという保護眼鏡を知っていますか？　火花が散っても切り屑が散っても良いように、目の周囲をガラスでもって覆い守るというアレです。

それを僕、狼月さん、シャロンさんの三人分……『割れないガラス』で作ってください。似たような感じで、口鼻を覆い守るというマスクもお願いします、こっちは呼吸が出来るように布製にしてくださいね。

それとシャロンさんの装備を……シャロンさんは直接戦う訳ではないので、丈夫な履物と外套と、動きやすい服を仕立ててあげてください」

すらすらと今日の用件全てを一度に言うポチに対し、牧田は手を上げてちょっと待てと制してくる。

「あー……まずは、なんだ。なんでその保護眼鏡とやらが要るのか、そこから説明しやがれ」

手を上げたままそう言った牧田に、ポチはシャロンが薬師であることと、その戦い方が毒を用いるものであることを説明する。

「――という訳で、仲間の僕達が毒にやられたではお話にならないので、それを防ぐための防具は必要でしょう。

シャロンさんが言うには、目と鼻と口の中に入らなければとりあえずは問題無いとのことなので、そんな感じでよろしくお願いします」

すっぱりとさっぱりとそう言ったポチのことを半目でぎろりと睨んだ牧田は、小さなため息を吐き出してから言葉を返す。

「随分とまぁ簡単に言ってくれたもんだが、お前なぁ……その割れないガラスって何なんだよ。そういうガラスの作り方を知ってるのか？」

「いやですねぇ、僕みたいな素人が知っている訳がないじゃないですか」

「……お前は知りもせんものを儂に作れってそう言うのか」

「はい、お願いします。

何しろ目を覆うものですから、戦闘で割れて瞳に刺さったなんてことになったんじゃぁお話になりませんから、上手くやってくださいね」

「……更に毒を防ぎながらも呼吸が出来るますくとやらも作れと、そういう訳か」

「はい、よろしくお願いします」

保護眼鏡とマスクが必要だと言い出したのはポチであり、どういう物を作って貰えば良いのかを考え出したのもポチであり……そういう訳でポチに注文というか、交渉を任せてみたのだが……また随分と無茶なことを言い出しやがったなぁと呆れてしまう。

呆れに呆れて呆れ果てた俺が深いため息を吐き出す中、ポチの向こうではシャロンがあわあわおどおどと挙動不審になってしまっていて……そんな俺達に向かって牧田が、その口を大きく開く。

「こんの大馬鹿野郎共が！　特需で忙しい時だってのに無茶な仕事を持ってきやがってよぉ!!」

その大声を耳にしてやはり駄目かと俺が再度のため息を吐く中、牧田がその顔を歪めて……なんとも気色の悪い笑顔を作り出す。

「だがまぁ、あれだよなぁ、どわあふ共が使っていると知って尚、儂らのとこに来た訳だからなぁ、具足師としちゃぁその気持に応えなきゃぁならんよなぁ……!!」

……なんとも意外なことに牧田はこの依頼に乗り気であるらしく、貼り付けたような笑顔を維持したまま言葉を続ける。

「とりあえず、だ！　今日の所はお前らの顔の採寸と、そこの嬢ちゃんの全身採寸をさせて貰う！　で……そうだな、前より手間自体はかからねぇだろうから……三日だ、三日後に受け取りにきやがれ!!」

そう言って牧田はその右手をぐいとこちらに差し出してくる。

以前にも見た「銭を寄越せ」とのその仕草を見るなり、ポチが牧田を煽るかのような言葉を投げ返す。

「……本当に三日後に出来てるんですか？　割れないガラスなんて作ったことないんでしょう？」

すると牧田はその笑顔を般若のそれへと変化させて、ごうと凄まじい大声を上げる。

「儂が三日と言ったら三日で出来ているに決まっているだろうが!!　もし仮に出来ておらんかったら、銭なんぞいらん!!　そっちの嬢ちゃんの防具はただでくれてやるわ！！！」

その大声を受けて一切怯むことなく満足気に頷いたポチは、俺の方を見て「銭を渡してください」と、その目でもって伝えてくる。

それを見て俺が懐の中から財布を、今回の稼ぎが詰まった財布を取り出すと、すかさず牧田の手が伸びてきて、

「無茶な注文を受けてやるんだから、こんくらいは貰っとくぞ!!」

と、そんな言葉を発しながら財布ごとその全てを奪い取ってしまうのだった。

三日後。

工房に向かった俺達を出迎えてくれたのは、牧田の、

「無理だった」

との一言だった。

玄関の小上がりにどかんと腰を下ろした俺とポチは無言で右手を差し出すことで銭を返せと訴えかけ……シャロンはそんな俺達を見ながらおろおろとうろたえる。

「待て待て、話は最後まで聞きやがれ、割れないガラスは作れんかったが、戦闘用の保護眼鏡は作ってやったぞ、それで問題はねぇはずだろう」

その一言を受けて腕を組んだ俺とポチは、

『さてなぁ、どうだろうなぁ』

と、声を合わせて唸りながら同時に首を傾げる。

「っとにお前らは可愛げってもんがねぇよなぁ……何はともあれ、まずは物を見てから判断しやがれってんだ」

首を傾げる俺達に向けてそう言った牧田は工房の奥へと足を進め、そこに置いてあった木箱を手に取る。

そうして俺達の下へと持ってきた牧田は、どかんと木箱を置いて……顎をくいとしゃくることで、箱を開けてみろと伝えてくる。

その箱の中にあったのは、革縁の眼鏡だった。

革縁……と言うのも少し変な話だが、他に言い様がねぇのだから仕方ねぇ。

全体が革製で、二枚の風変わりな色合いのガラスがはめ込んであって、鉄枠でガラスの縁取りがしてあって、両端に頭に縛り付ける為のものと思われる革の帯がついていて……。

全体をガラスで作るよりかは良いのだろうが……しかしこのガラス部分を攻撃されたら目がえらいことになっちまうだろうと、そんなことを考えていると、牧田が懐から一枚のガラスを……手元の眼鏡にはまっているそれと同じ色合いのガラス板を取り出し、これまた懐から取り出したノミを構えて、それにがつんと叩きつける。

当然の結果としてガラス板にヒビが入り、バキリと音が鳴り、割れてしまったはず……なのだが、ガラス板はヒビは入ったものの割れることなく、その硬さを失ってしんにゃりと垂れ曲がる。
「割れるには割れる。だが見ての通り破片は飛び散らず、目を傷つけることはねぇ。更にガラスよりも一段盛り上がった鉄枠で縁取ることで、武器での殴打がガラスに直撃しねぇようにとの工夫もしてある。

槍やら棒でガラス部分だけを突かれたなら割れちまうだろうが……そこら辺は上手く避けるなりしやがれ」

その言葉を受けて眼鏡を手に取り、じっくりと眺めて、実際に装着してみて、その使い具合を調べたポチが、牧田に短い言葉を投げかける。

「飛び散らない仕組みは？」

「えるふ達が研究中の魔法樹脂ってやつを使ってみたんだよ。

作り方だとか材料だとかはよく分からねぇが、兎に角透明の液体で……乾燥させると柔軟性のある透明な塊になるって代物だ。

それがうすーくガラスの表面に塗りつけてあって……ガラスが割れても包み込んでくれているから破片が飛び散らねぇと、そういう訳だな」

「なら、最初から眼鏡そのものをその樹脂とやらで作れば良かったのでは？　透明なのでしょう？」

「馬鹿を言うんじゃねぇよ。

それなりの強度を持たせるには厚くしなきゃならねぇ訳だが、樹脂を厚くするとなると気泡が入り込むわ、変に歪んじまうわで、眼鏡としちゃぁ使い物にならねぇんだよ。

気泡まみれの歪んだ視界で戦えるのか？　歪んだ視界で罠だの何だの細かい情報を拾い切れるのか？

……まずをもって無理な話だろうよ。

実際に作ってみて儂自ら使ってみたが、細工すら出来ねぇ有様だったぜ。

そういう訳でこのガラス板に薄く塗るだけで精一杯……歪みも気泡も無しで、ここまではっきりとした視界を確保するにはそれなりに苦労したんだぜ？

あんまりにも薄くし過ぎると破片を押さえてくれねぇし、厚くし過ぎると視界の邪魔になるし……今のところはこれが精一杯だ。

一応この工房でもガラスに樹脂を混ぜ込むことで好いとこ取り出来ねぇかと研究はしているが……結果が出るのは当分先だろうな」

その説明にこくりこくりと頷いたポチは、最後に大きく満足気に頷いてから、革帯をしっかりと結び、保護眼鏡を固定する。

「……保護眼鏡、保護ガラス……保護グラス、保護グル……んー……とりあえずゴーグルとでも呼んでおきますか。

これ汗をかくと湿気が籠もりそうなのですけど、その対策は？」

保護眼鏡改めゴーグルをいたく気に入ったらしいポチのその言葉に、牧田は当然だろうとばかりに頷いて言葉を返す。

「おう、しっかりとしてあるぞ、その革は吸水性の良いシカの革に細工を施したもんでな、吸湿性ばっちりに仕上がってるって寸法よ。雨がざぁざぁと降ってりゃぁ曇るかもしれねぇが、普通にしてりゃぁまず曇らねぇだろうよ」

ああ、それで革製にしたのかと俺が頷く中、ポチはうんうんと何度も何度も頷いて……口元をにっこりと歪める。

余程にゴーグルのことが気に入ったのだろう、装着したまま周囲を見回したり、工房内をうろつき始めたりするポチ。

その姿を横目で見やり、満足そうに頷いた牧田は……ポチのことを眺めていたシャロンに声をかける。

「お嬢ちゃんの装備は、奥の客間に置いてある。そこは女の職人を任せているから、試着と合わせをしてきてくれや。……とは言え凝った造りにはしてねぇからな、この野郎共の装備と似た造りの、革製の服と外套、履物と手袋…… 一般的な旅装に近い代物だ。お嬢ちゃんの保護眼鏡……ごーぐるもそこに置いてある。ああ、ますくだったか？　あれも三人分しっかりと用意してあるぞ。

といっても何枚かの布を縫い合わせただけのもんだがな……それ巻きつけて口鼻を覆えば十分な効果があるだろう。

がっちり覆うと邪魔になるのと呼吸がしづらくなる関係で、そういう形になった。

もっと上等なもんが欲しけりゃ十分な銭を用意するんだな」

その言葉を受けてシャロンが奥の客間へと足を向けて……そして牧田の視線を一身に浴びることになった俺は「満足な出来上がりだ」と頷くことで牧田に伝えるのだった。


翌日。

「今回の具は何なんだ？」

「秘密。その方が楽しめるでしょ？　ぽっちゃんも、匂いで分かるからって言っちゃ駄目だよ。シャロンちゃんの分も作ったから、合流したら渡してあげてね」

「おう、ありがとうよ、こいつがなければ異界迷宮探索はやってられねぇからなぁ」

妹のリンとのそんな会話を済ませて、おむすびを受け取った俺とポチは、鉢金に当てていたゴーグルをぐいと下げて、顎に引っ掛けていたマスクをぐいと上げる。

そうやって新たな装備を通して見る新たな視界に己を馴染ませながら……怪しい格好となってしまった俺達を物凄い目で見るリンに別れを告げてから屋敷をあとにする。

そうしてシャロンが住まう貸家へと向かい、装備とゴーグルとマスクを装着したシャロンと合流し……ゴーグルマスクの三人組となって、花のお江戸をのっしのっしと歩いていく。

「おい！　お前その装備……まさか狼月か！　なんてぇ格好だよまったく！」

「ぶはははは！　おもっしれぇ格好をしてんなぁ！」

「……今度の金稼ぎのネタはそれか!?　それがありゃぁお前みたいに豪遊出来るのか!?」

そんな声をかけてくる顔見知り連中に適当な言葉を返しながら足を進めていって、大手門へと向かい……以前のそれとは全く違う、興味津々……というか刺さるような視線を向けてくる同業者連中の合間を縫って、あの蔵——異界迷宮の入り口へと向かう。

「よく来てくれた犬界、ポバンカ、そしてシャロン・ラインフォルト……待っていたぞ」

そして当たり前のようにそこにいる吉宗様が、そう言って笑顔を向けてくる。

「お待たせしたようで申し訳ありません。……して本日はどのようなご用件で？」

まさかの将軍との邂逅にシャロンが泡を食って頭を下げる中、俺がそう言うと、吉宗様は手にしていた書類の束をこちらへと渡してくる。

「異界迷宮関連法の草案だ、今は何の法も制約も無く、好きな異界迷宮に入らせているが、これまでの様々な結果と、お前達が出した結果を考慮し、法の力でそれを縛ることにした。

何処の誰であっても異界迷宮に挑むのは難易度の低い異界迷宮から順番に……その最奥まで突破してから次に挑むこと。

攻略具合の確認をする為のとある魔具を必ず携帯すること、装備や食料など十分な準備をしていない者に対し攻略禁止令を発することもある……と、大体はそういった内容になるな」

吉宗様の言葉が一旦止まったのを受けて、書類へと目を落とすと、今しがた説明のあった法案について書かれていて……かなり厳しく細かい条件が課される上に、違反した場合の罰則も相応に厳しいものとなっていることが分かる。

書類に書かれた文字を見逃すことのねぇように読んでいって、読み終えたら足元のポチに渡して次を読んで、読み終えたらポチに渡して……と繰り返していると、それまでとは全く違う内容の地図の描かれた書類が顔を見せる。

「それは異界迷宮特区開発に関する書類だな。

異界迷宮攻略を効率化するために、北桔橋《きたはねばし》門側の一帯に異界迷宮特区を設けることとなったのだ。

今の段階で特区には幕府の研究機関、異界迷宮素材の買取窓口、澁澤の商店などが設置されることになっていて……お前達の活躍次第では更に施設が増えることもあるかもしれん。

研究機関からの攻略依頼、素材収集依頼なども発布されることになっていて、無事に依頼を達成した暁にはかなりの報酬を用意してくれるそうだ。

特区が出来上がったら顔を出してみると良い」

特区に関する書類も丁寧に読んでいって……そうして全ての書類を読み終えた俺は、吉宗様に向かって声を返す。

「……たったの数日でここまでとは驚かされました」

吉宗様は幕府の脊髄だ。

異界迷宮の件が無くとも手ずから処理している仕事の量は膨大で……これだけの仕事をこなすには相当の苦労があったことだろう。

そんな想いを込めての俺の言葉に吉宗様は苦笑を返してくる。

「命を懸けてくれているお前達に比べたらこの程度はなんてことではない。

むしろ未だにこれしか手が打てていないのかと、己で己のことが恥ずかしくなる程だ。

……そして、だ。この法案は早ければ明日にでも発布されることになっている。

そうなればここは……誰もが最初に攻略しなければならぬこの異界迷宮は、多くの者達で溢れ返ることになる。

お前達がお前達の歩調で、ゆったりと攻略出来るのは今日までかも知れん、覚悟しておくと良い。

……さて、急ぎの用事があるのでな、余はこれで失礼させて貰うぞ」

そう言い残して吉宗様は、足早に蔵を後にする。

その背中をしっかりと頭を下げて見送った俺達は……受け取った書類をしまい、お互いの装備やゴーグルの確認をした上で、息を整え、三人同時に裂け目へと手を伸ばす。

「わ、わ、わ、わ～～～!?　なんですかこれ～～～!?」

異界迷宮に入る際の、あの独特の景色と感覚に驚いたのか、シャロンがそんな声を上げて……その声が響き終わるのと同時に、異界迷宮のあの光景が視界に入り込んでくる。

これが明日から人が殺到するであろうこの異界迷宮を、自由に攻略出来る最後の機会。

吉宗様から与えられたこの機会でもって見事にあの鬼を討ち取って、この異界迷宮を隅々まで堪能してやるぞと一層の気合を入れた俺達は、異界迷宮の中へと足を踏み出すのだった。

第六章——決戦

二度目ということもあって、異界迷宮の攻略は順調に……概ね順調に進んでいった。

途中、戦闘の流れで小鬼を踏みつけることになった俺を見るなりシャロンが、

『あ、狼月さん、そのまま殺さず、押さえつけたままでお願いします。この小鬼に手持ちの毒が効くのか、どれくらいの効果があるのかの確認をしますので！よく似た姿をしているという小鬼で色々試しておけば、件の鬼にどんな毒を、どのくらい使えば良いのかといった予想の参考になるのですよ！』

なんてことを言い出し、妙に張り切った様子で実験を始めてしまい、結構な時間を使ってしまったと、そんなことがあったが……まぁ、うん、概ね順調だ。

……肝が座っているというかなんというか、普段から薬師として重傷や重病といった厄介な存在と戦っている為か、シャロンの根性は中々のもので……その中々の根性は戦闘の中でも活躍してくれた。

毒や薬を使わずとも、投げ紐を使っての礫の投擲が思っていた以上の威力を発揮していて……ア

レを殺意をもって遠慮無しにやられたら俺でも勝てるかどうか怪しい所だろう。

それと新装備のゴーグル、これが思っていた以上の効果を発揮してくれた。

相手の血しぶきなどが目に入る心配をする必要が無く、投擲などの目潰し攻撃に対して強気に出ることが出来るなど、絶対に潰される訳にはいかねぇ、最大の急所である目をしっかりと覆っているという安心感は、俺達の動きそのものに大きな変化を与えていた。

視界が多少狭くなるというか、遮られているような違和感があるものの、受ける恩恵の方が圧倒的であり、恐れ無く遠慮無しの突撃や攻撃が行えて……そうして俺達は全く危なげ無く異界迷宮の終着点であるあの広間へと到達したのだった。

「……前回は休憩をした後に姿を見せたが、今回は休憩をするまでもなく、到着した時点から姿を見せているのか。

……ここに来るまでにかかった時間は前回も今回も同じくらいのもんだと思うが……さて、一体何が条件となっているのやらな」

広間に到着するなりそこに生えているドアを睨みながら俺がそう言うと、ポチは「どうでしょうね～」と、そんなことを言いながら広場の状況を、周囲の様子を確認していって……特に問題無し、前回同様安全であるとの結論を出してすとんと腰を下ろす。

「なるほどー、これが話に聞いたドアですか、確かに不思議なドアですね」

シャロンはポチが周囲を調べる間、ドアの周囲をぐるぐると歩きまわりながらの観察をして……

そうしてからポチの側へといって、これまたすとんと腰を下ろす。

そうしてそれぞれのやり方で寛ぎ休憩し始めるポチ達を見た俺も、そこへと足を向けて腰を下ろし……茶やおむすびを口の中に入れながらの作戦会議を始める。

「後でまたドアの向こうの確認をするつもりだが……ここまでに出た小鬼の出現箇所や数などが前回と全く同じだったことから考えると、ドアの向こうに居るのは前回と全く同じ、鬼と複数の小鬼ということになるだろう。

……さて、どうする？」

夢中でおむすびを頬張る二人に向けて俺がそう言うと、ゆっくりと味わいごくりと飲み込んでからシャロンが言葉を返してくる。

「ドアの向こうにはここと似たような光景が広がっているのでしょうか？」

「ああ、同じような風景で……特におかしな所や違和感なんかはなかったな」

「なるほど……ドアの開け閉めは自由に可能で、鬼達がこちらに来ることは無いというのも事実でしょうか？」

「事実とまでは言い切れねぇな、あちらさんが俺達に興味を示さなかったとか、あそこを出る気分じゃぁなかったってだけで、気が向いたから出てくる……なんてこともあるかもしれねぇ」

「なるほど、なるほど……では、鬼に私の毒が通用するかの確認も兼ねて、まずは毒攻めにするというのはどうでしょうか。

ドアを少しだけ開けて毒を放り込み、すぐさまドアを締めて様子を見る。

これを何度か繰り返してみて……そうやって毒で倒せるようならそれに越したことはないでしょう、小鬼の数を減らす効果や、相手の身体機能の低下、目鼻耳などへのダメージも期待出来ます。

先程礫を投げて確認をしたのですが、この空間には見えない壁だけでなく、見えない天井も存在しているようで……この空間を山林ではなく、一つの部屋だと考えるのであれば、火を付けることで煙と共に充満する類の毒が有効かと思われます」

なんとも良い笑顔で、あっさりとそんなことを言ってのけるシャロン。

小鬼への実験の時もそうだったが、本当にこいつは良い根性をしているというか、肝が座っているというか……度胸が並じゃぁねぇなぁ。

そしてポチ……お前も笑顔で同調するなよ。

学者肌ってことで似た者同士なのか？　共感しちまうのか？

……それともそれがコボルトの本性なのか？

あぁ、あぁ、まったく……恐ろしいったらねぇなぁ。

ともあれその方針に反対する理由はなく、満場一致で毒攻めをすることが決まった。

決まったのであればと、早速シャロンは背負っていた荷箱からいくつかの道具と、厳重に封のされた壺やらを取り出して……壺の中身を、木の実や何かの草、虫の死骸などを砕いてすって練り合わせて……と、調合していく。

そうやって出来上がった、毒々しい色をした何かを、小さな竹筒へと詰めて、その竹筒に油紐を差し込んで……火種を用意してからドアの前まで足を進めて、そうしてからシャロンが俺に「お願いします」との一言をかけてくる。

こくりと俺が頷くと、シャロンはすぐさまに油紐に火をつけて、それを見た俺がドアを小さく開くと、竹筒がドアの向こうへと投げ込まれて……俺はドアの向こうで起こるだろう悲惨な光景を想像しながらドアを閉める。

閉めたドアをしっかりと押さえ、万が一向こうの連中が開けようとしても開かねぇようにと押さえ続けて……それから結構な時間が経ってから、シャロンが第二弾の毒を片手に声をかけてくる。

「……そろそろ向こうの様子を確認しましょうか。

確認をして、再度の毒攻めが必要だと判断したらこの毒を投げ入れますのですぐにドアを閉めてください。

再度の毒攻めが必要無さそうならドアを閉めて欲しいと、そう言いますので、一旦ドアを閉めてから突入の準備を整えましょう。

……それで構いませんか？」

その言葉に、俺がこくりと頷くと、シャロンがいつでも火を付けられるようにと毒入りの竹筒を構える。

そうして俺がドアを開けると……その向こうにあったのは、惨劇の光景だった。

毒にやられたのか倒れ伏したまま、ぴくりとも動かねぇいくつもの小鬼達。

その中央で膝をつく鬼は、未だに受けた毒に苦しめられているようで、呼吸すらままならねぇといった有様だ。

この有様であれば再度の毒攻めは必要無さそうだと、そう考えた俺がドアをシャロンの判断を待っていると……シャロンはこくりと一度頷いてから、一切の躊躇無く容赦無く、油紐に火を付けて、ドアの向こうに竹筒を投げ入れる。

それを受けて慌ててドアを閉めた俺は……ドアを全力で押さえつけながら、シャロンのことをじっと見つめて……その在り方にただただ戦慄するのだった。


二個目の竹筒を投げ入れて、それから結構な時間が経ってもドアが向こうから開けられたり、押されたりすることはなかった。

向こうの部屋の中に毒煙が充満しているとして、最良の対処法はこのドアを押し開けて外に出ることなのだが……そうしねぇということは、やはりこのドアの存在に気付いていねぇというか、見えてすらいねぇということなのだろうか。

こちらから見えてるってのに、あちらからは見えてねぇ。

それは俺達が向こうの部屋に入り込んでもそうなのだろうか？　それともドアをくぐったらその

瞬間から見えるようになるのだろうか？

と、そんなことを考えていると、シャロンが「もう一度確認しましょう」との声をかけてくる。

それに頷いて答えた俺が、ドアをそっと開けてみると……ドアの向こうにあったのは先程と変わらねぇ、鬼が膝をついている光景だった。

その光景をしっかりと確認してからドアを閉めて、ポチとシャロンへと視線をやると、二人が覚悟を決めた表情を返してくる。

「毒だけで倒せれば良かったのですが……変化が無い以上は、直接手を下すべきでしょう。

勿論毒だけを使い続けるというのも手ですが、毒もただではありませんから、あまり無駄にするのもどうかと思います」

と、シャロン。

「賛成です、いつまでもこうしている訳にもいきませんからね」

と、ポチ。

二人のその言葉に俺はこくりと頷いて「やるか」とだけ返す。

そうして戦う覚悟を決めた俺達は戦闘準備を整えることにして……それなりの時間をかけて準備を整えた頃にシャロンが、

「そろそろ毒煙も鎮まっているはずですし、もう中に入っても大丈夫ですよ」

と、声をかけてくる。

「……鬼はあの大きさだ、予定通り相手は俺がやる。シャロンは投擲での援護、ポチはシャロンの護衛と、周囲に転がっている小鬼の生死確認をしてくれ。

倒れているのは確認したが死んでいるかは未確認だ、毒で昏睡しているだけで鬼との戦闘中に目を覚まして襲ってくるかもしれねぇ。

しっかりと確認して、生きているようならトドメを刺してくれ。

少しでも戦況が拙くなったら即撤退、いつでもこのドアに駆け込めるよう、立ち位置も意識しといてくれよ」

ポチとシャロンに向けてそう言った俺は、二人が頷くのを見てからドアへと近付いていって……鍛冶師に預けて研ぎ直してもらった愛刀を引き抜き、右手でもってしっかりと握りながら、左手でもってドアノブを握り、ぐいと回す。

そうして一気にドアを開け放ち、尚も広間の中央で膝をついたままの鬼の下へと駆け飛んで距離を詰める。

鉄製の大剣、大盾、全身が鉄製の南蛮具足。

であれば狙うべきは頭か首かと刀を振り上げ……首へと狙いをつけて一気に振り下ろす……が、鬼は素早く大盾を持ち上げることで、その一撃を受け止め、弾く。

「ちぃ、意外に元気だな！」

と、そう声を上げた俺は、弾かれた刀をしっかりと握り直し、構えを取り直しながら一旦鬼から距離を取る。

何しろ獲物があの大剣で、俺をゆうに上回るあの上背だ、いつまでも呑気に間合いの内側には留まってはいられねぇ。

距離を取って、いつあの大剣が振るわれても良いようにと構えて……つい先程まで毒に苦しんでいた鬼の様子を観察する。

顔色は……まぁ、元からして悪いんだが、今は一段と悪いように見える。

毒の効果であの気色の悪い色をした血の巡りが悪くなっているということなのだろう。

目の色は濁っていて、呼吸は荒い。

何度も何度も咳き込んだのだろう、口の端からは血が垂れていて……ズタズタとなっているだろう喉からは、雄叫びも嗚咽も、恨み言の一つも出てこねぇ。

恐らくは声を出すことすら出来ねぇのだろう。

そこまで喉が痛めつけられているのであれば、呼吸が上手く出来ねぇのも当然で……肺もやられていそうなあの様子を見るに、しばらくの間動き回っていれば、息が切れて倒れるかもしれねぇな……なんてことを考えていると、後方から風切り音と共に鉄礫が飛んでくる。

凄まじい勢いで飛んできたそれは、ガッと鬼の右目の上に当たり……小さな傷を作ることに成功して、そこから青い血がだらりと流れる。

それを受けて鬼は怒り狂ったような表情になるが、その怒りを表現するための声は出せずに、ただ喉を膨らませるのみ。

それを見てやはり鬼の息を切らせるのが一番のようだと結論を出し、俺が構えを取っていると、後方のシャロンから大きな声が上がる。

「狼月さん！　油断しないでください！

あの毒を二度も食らって立ち上がれるなんて、その時点で生命力が異常過ぎます！

こちらの常識の通じない、完全な化け物だと思って相手してください!!

とりあえず目潰しを狙ってみましたが、そもそも相手が目で物を見ているのかも疑った方が良い、そういう化け物を私達は相手にしているんです！」

その声を受けて俺は、息を切らせれば良いだろうなんて甘いことを考えていた自分を内心で叱責する。

……そもそも俺達と同じように肺を使っての呼吸をしているのかも分からねぇ、摩訶不思議な存在だってことを忘れちまっていたな。

であればやはり、首を落としちまうのが一番だろう。

小鬼はそれで死んでいたし……仮に首を落として駄目なら、死ぬまでその全身を斬り刻んでいけば良い話だ。

と、そう考え直した俺は……相手の上背のことも考えて、喉を突き裂くことにして、刀の切っ先を斜め前上に構えての突きの構えを取る。

まずは突いて、そこから薙いで、何度かそれを繰り返してやれば首が落ちてくれるはず……と、俺が踏み込もうとすると、構えから狙いを読んだらしい鬼が、大盾を斜めに持ち上げてその顔の半分と首を覆い隠す。

シャロンの礫も考慮してのことなのだろうが……構えから相手の狙いを読み取るとは頭の出来が小鬼や中鬼よりもかなり良いようだ。

大盾を構えたまま、その弱点を覆い隠したまま、覗き見る目でこちらをじっと睨んでくる鬼を見て、さて、どうしたものかと考えていると、後方から今度は風切り音無しで何かが飛んでくる。

礫とは違い、余裕をもって目で追える程度の速度で鬼の方へと飛んでいったそれは、鬼が攻撃を防ぐ為にと持ち上げた大盾にぼふんと当たり、そうして包布が破けて毒粉を周囲に撒き散らす。

たまらずむせ返る鬼を見て俺は、全くなんて的確な援護だよと舌を巻く。

俺も負けていられねぇなと刀を握る手に力を込めた俺が鬼の方へと飛び込もうとしていると……鬼が手にしていた大盾を捨てて、両手で大剣を握り込み、凄まじい勢いでもってこちらに突っ込んでくる。

シャロンに負けず劣らず、鬼も判断が良いと来たもんだ。

シャロンの攻撃を大盾で防ぎきれねぇと悟り、いつまで様子見していても、防戦に回っていても勝てねぇと悟り、毒にやられた身体を押しての短期決戦を決断。

良い判断だけでなく良い根性をしていると言えて、であればと俺は、多少の危険を覚悟での応戦の構えを取る。

構えを取って力を込めて、なぁに、多少の怪我であれば優秀な薬師様がなんとかしてくれるさと、そんなことを考えながら、突っ込んでくる鬼の喉を目掛けて刀を突き上げる。

俺が放った突きを、鬼はとっさに足を踏ん張って、ぐいとその身体を捩ることで回避した。

そんな避け方ではまだ甘ぇと、俺が突き出した刀の刃を鬼の首の方へと振りやると、鬼は踏ん張った足でもって地面を蹴り、大きく後方へと飛び退っての回避を試みる。

刀を振り抜くのが速かったか、鬼が飛び退るのが速かったか……その問いに鬼の首から青い血が吹き出すという形で答えが出る。

……が吹き出す血の量は少なく、出来上がった傷もまだまだ浅い。

つい先程のシャロンの化け物発言もあって、しっかりと首を落とすまで安心出来ねぇなと俺は、鬼の方へと飛び込んで、その首へと再度の突きを放つ。

それに対して鬼が取った行動は全く予想もしていなかった、まさかのものだった。

手にしていた大剣を力任せに俺の方へと放り投げて、凄まじい形相で、大きく口を開けて、声なき声を上げてのがむしゃらの突撃。

その狙いはシャロンへと向けられて、大剣を回避するために大きな隙を作ってしまった俺はそれに咄嗟の対処が出来ねぇ。

何度も繰り返された投擲攻撃に腹を立てたのか、それともこのまま何も出来ずに僅かな傷を負わすこともなく負けることを恐れたのか、はたまた狂乱したのか。

凄まじい勢いで迫ってくる鬼に対し、シャロンは至って冷静に回避行動を取りながら、攻撃を加えようと投げ紐を振り回す。

――が、それは悪手と言えた。

全力で回避に専念していれば十分に回避出来ただろうに、下手に投げ紐へと意識がいっているせいで動きが明らかに鈍い。

投擲の一撃は鋭い一撃ではあるが、あの突撃を止める程の衝撃力は持っておらず、このままでは鬼の一撃を、鋭い爪をぐわりと構えるその手の一撃を食らってしまう――と、そう思われた瞬間、煌めく一閃が飛び込んできて、シャロンのことを押し飛ばすと同時に、鬼の指の何本かをすぱりと斬り裂く。

「せぇぇい!!」

鋭く響くポチの声。

シャロンさんには手出しをさせませんと、そう叫んでいるかのようだ。

「えぇぇいっ!!」

続くシャロンの声。

押し飛ばされながらも、投げ紐を回し続けていて……そこから鉄の礫が放たれる。

ポチの刀による一閃、シャロンの鉄礫による一撃。

それは耐えようと思えば耐えられる程度の痛みであっただろう。

あるいはそのまま、痛みに構わず、怯むことなく突撃を続けていれば、シャロンとポチに追いつき、一撃を加えられたかもしれねぇ。

だが鬼は怯んでしまった。

指を切り裂かれ、眉間に鋭い一撃を受けて、そこで初めて、

「ヌグゥォォォォォォ!?」

との地獄の獄卒かと思うような悲鳴を上げて、立ち止まってしまった。

それは取り返しのつかねぇ、致命的な隙だった。

体勢を整えた俺は、その隙を逃さず、背後からの一突きでもってその首を貫き……そのまま横に刀を振り抜ける。

血が吹き出し、首が僅かな皮と肉を残してもげて、だらりと垂れる。

力を失い、意思を失い、そうして鬼の身体は項垂れて……これで決着と行けば楽だったのだが、そうはさせまいと項垂れた鬼の身体が立ち上がる。

「く、首が落ちかけてるってのに立ち上がるのかよ!?」

子供の手でちょいと引っ張っただけでも落ちそうな首を見ながら俺がそう声を上げると、鬼はぐいと片手を持ち上げて……それでもって落ちかけていた己の首を掴む。

首を摑み元の位置に戻し、まるで木細工をはめ込むが如くぐいと首を胴体に押し付けて……そうしてまさかのまさか、首と胴体が繫がり、思っていた以上に機敏な、まだまだ体力が残っていそうな動きでもって、こちらに振り返ってくる。

その目には力が残っていて、喉からは『グルルルル』と声が出ていて、ただ首が繫がっただけでなく、シャロンの毒からも回復してしまっているようだ。

「こんの化け物がぁぁぁ!!」

そんな鬼の様子を見て、そう声を上げた俺は……刀を握る手に魔力を込める。

魔力……以前刀に炎を纏わせた力。

装備が出来上がるまでの時間を使ってあれこれと試していたこの力は、驚いたことにあちらの世界……異界迷宮の外の世界では使うことが出来なかった。

どういう理屈なのかは知らねぇが、とにかくこれは異界迷宮の中でのみ使うことが出来る力で……そして俺はそのための魔力をどうやら敵から得ているらしいということも分かっていた。

ここまでの道中で、小鬼や中鬼を倒す度に魔力が増していた、まるで連中の魂を吸っているかのようにどんどんと魔力が膨れ上がっていた。

敵を倒せば倒す程貯まるもので……恐らくは使えば使っただけ減るもので。

ポチやシャロンによると魔力という力は本来そういうものではねぇらしいのだが、とにかく俺の魔力はそんな仕組みになっているらしい。

今俺の中にある魔力は、この異界迷宮内全ての魔物を倒したものとなっている。

シャロンの援護もあってここまで使うことなく来ることが出来た。

つまりはこれが今の俺に出せる最大火力という訳で……これが通じなかったらもうどうにもならねぇなぁと、そんなことを考えながら俺は刀に炎を纏わせる。

真っ赤な炎、渦巻く火炎、普通の炎と違ってその熱が周囲に影響を与えたりはしねぇようで、その熱量を感じ取ることは出来ねぇが、その輝きを見ることは出来て、この空間全体が太陽に照らされているかの如く、明るくなる。

「おおお！　狼月さん!!　以前とは段違いじゃないですか!!」

「あ、あれが狼月さんの炎!?」

そんな炎を見てポチとシャロンがそう声を上げ……そして俺の目の前の鬼が後ずさって怯む。

どうやら俺の炎は鬼にとって恐ろしいもの……であるらしい。

恐れるということはつまり、この炎がこの化け物に効くという証左でもあり……俺は気合と力と魔力を改めて込め直して、後ずさり続ける鬼へと斬りかかる。

すると鬼は踵を返して駆け出し、ポチとシャロンを捕らえて人質にでもしようと思ったのか、先程までポチ達がいた場所へと手を伸ばすが、俺が斬りかかった時点でポチ達は、鬼が倒れ込んでくるかもしれねぇからと脱兎の如くの避難をしていて、とっくにそこからは居なくなっている。

伸ばした手が空を切ったことでようやくそのことに気付いた鬼は、慌てて俺の方へと振り返って応戦の構えを取ろうとするが、今更そんなことこの俺が許すはずがねぇ。

振り下ろした炎を纏う刀が一閃、鬼の肩から腰へと鋭く深い傷を描く。

斬ったという確かな感触があり、俺の中に貯め込んだ魔力の全てが抜け出ていくような感覚があり、直後鬼の身体が燃え上がる。

かつての中鬼がそうだったように、鬼の全身が燃え上がって……傷の周囲なんかは早々と炭化を始めて……そうして鬼は膝から崩れ落ち、地面に倒れ伏す。

それでも炎は容赦なく鬼の身体を燃やし続けて……燃え続けながら鬼が消え始めたかと思ったら、周囲の小鬼の身体もすぅっと消え去っていく。

ただ小鬼と違って鬼だけは、どういう訳かゆっくりと、きらきらと煌めきながら星屑のように砕けて、一つずつ少しずつ、星屑の一つ一つがゆっくりと消滅していく。

美しいと言えねぇこともねぇその光景に、俺達が目を奪われていると……その光景の向こう側と言うべきか、きらきらと煌めく光の向こう……鬼の身体の上空に何かの景色が映り込む。

それはなんと言ったら良いのやら、なんとも不可思議で不釣り合いで、一体何処を映しているのやら理解が難しい光景だった。

見たこともねぇような立派な作りの白石の城、古びて埃だらけとなった豪華で華美だったろう調度品。

かつての江戸城でも敵わねぇかもしれねぇその場所に、何人かの……不釣り合いで不可思議な格好をした、見すぼらしい人間達の姿がある。

ぼろぼろの衣服、汚れきった髪と肌、怯えに負けて衰弱しきった表情。

その手にあるのは石槍や、石斧といった武器とも言えねぇような出来の品々で……それらを握ったまま、構えたまま、まるで何かの襲来に備えているかのように一塊となっている。

「……なんだこれは？　何処だ？　誰だ？」

との俺の問いにポチもシャロンも答えを返してこねぇ。

そこに居る人々は外見からして恐らくは南蛮人なのだろうが……しかし、南蛮人にしてはあまりにも格好が、武器が見すぼらし過ぎる。

色々とごたついて、戦争に近い状態となっているとはいえ……あんな格好をしなければならねぇ程には追い詰められていねぇはずだ。

仮にあそこまで追い詰められているなら、恥も外聞も無く吉宗様のお声に耳を貸すはずだし……と、そこまで考えて、一つの可能性に思い至った俺は、それをそのまま口に出す。

「……これは異界の光景か？　異界の住人達なのか？」

かつてコボルト達を迫害し、追いやって、追い詰めた連中。

何の分別も無しに同様の迫害をエルフやドワーフに加えた連中。

そいつらの『現在』なのだろうか……？

そんなことを考えた俺と、俺の言葉を受けてハッとなったポチは、その光景をよく見る為、より多くの情報を得る為にと鬼の死体の方へと踏み込んで、煌めくその光景にぐいと顔を近付ける……と、光が弾けて、周囲が真っ白となって、その光が俺達のことを包み込む。

「な、なんだこりゃぁ!?」

「ま、真っ白ですよ!?」

「え、え、え、なななな、何があったんですか!」

突然のことに俺がそんな声を上げると、ポチとシャロンがそう続いてきて……そうして俺達三人は、自分達が真っ白の、床も天井も壁もねぇ空間に立っていることに気付く。

いや、立っていると言って良いのか？　足の裏には何にも感じねぇし、浮いてるじゃねぇのか？　いやしかし、足を踏み出そうと思えば踏み出せるし、歩こうと思えば歩けるし……だけれども地面を蹴った感覚はねぇし。

まったくもって訳が分からねぇ、何がなんだか分からねぇ、もしかして俺達は極楽にでも来ちまったのかと、そんなことを考え始めた折……白い空間の中に何かが現れる。

その何かは……何かとしか言えねぇ存在だった。

人のようであり、しかし人の姿をしておらず、コボルトに似てねぇこともねぇが、耳も尻尾もねぇ。

色は真っ白で、真っ白な空間に溶け込んでいて、その姿をよく見ようとすればする程霞んで見えなくなっちまう。

「てめぇ、何者だ!!」

それに対してそう声を上げると……多分だがそれは、こちらに振り返ったような、そんな動作を見せる。

『――――――』

そして声を上げる、何を言ってるのか全く分からねぇ、どんな声をしてるかも分からねぇ。耳で聞こえているはずなのに、老若男女の区別すら出来やしねぇ。

「この野郎! 分かる言葉を喋りやがれ!!」

更に俺がそう声を上げると、それは頷いたような動作を見せて、そうしてから声を上げてくる。

『良いだろう……しかしコボルトか、懐かしい……こちらに戻してしまうのもありかもしれんな』

今度は分かる、言葉の意味は分かる、だが相変わらず老若男女いずれなのかは分からねぇ……が、その言葉の意味をなんとなく察した俺は、もう一度、なんとかして刀を燃やそうと力と魔力を込めて……そしてそれに斬りかかる。

「てめぇ! ふざけてんじゃねぇぞ! ポチ達はもうとっくに江戸の住民だ、こっちの世界の仲間だ! てめぇの気まぐれでほいほい連れていかれてたまるかってんだ! この野郎!!」

そう声を上げた俺は、その正体をなんとなしに理解し始めていた……神仏か、それに似た何かで、向こうの世界の何かで、コボルト達をこちらに送り込んだ張本人で、今またポチ達を連れ去ろうとしているくそ野郎で。

こんな野郎の下に連れ去られたらポチ達がどんな目に遭うか分かったもんじゃねぇと、怒りやら何やら、今の状況に混乱している気持ちも含めて、その全てを刀に込めて叩きつける。

……が、そもそもそこに本当にいるのかも分からねぇ、曖昧な存在相手だ、刀は当たらず、斬ることは出来ず……ただ虚しく刀が空振ってしまう。

「ちくしょうが!!」

このままポチ達を連れ去られてしまうのかと、俺は何も出来ねぇのかと、そんな想いを込めてそう叫ぶと……ポチが駆けてきて俺と同様にそれに斬りかかり、そしてシャロンががむしゃらにそれに向かっての投擲攻撃を繰り出し始める。

ポチもシャロンもあの野郎に連れ去られてたまるかと思っているようで、その態度に怒っているようで、何度も何度も攻撃を繰り返し……俺もまたそれに続こうと刀を振り上げる。

――――と、その時、俺の背中を何かが温めてくれる。

ほんわかと、懐かしい……いい香りのしてくる熱でもって。

同時に白い空間が明るくなり、光が降り注ぎ……俺はその暖かさの正体が何であるかに気付く。

日光だ、俺達の背後から日光が降り注いでいる。

振り返れば見慣れたおひさまが……いやに力強く日輪を輝かせているおひさまの姿がある。

『よう吠えた、それでこそ江戸の子らよ』

喋った、おひさまが喋った、いやもうほんと、何が起きてるってんだよ!?

そんなことを考えていると日光がそれにも降り注ぎ……曖昧だった姿にはっきりとした輪郭を作り出す。

白いままだが、正体が分からねぇままだが、はっきりと人の形の輪郭が出来上がり、そこにそれが居るのだという確信を得ることが出来て……そしてその輪郭に向かって俺は、日光で煌めく刀を振り下ろす。

すると白いそれが悲鳴を上げたような気がした、そしておひさまがよくやったと褒めてくれたような気がした。

そんな気がしてまばたきをしてみれば……俺達は異界迷宮の中に、先程まで鬼と戦っていたあの場に戻っていた。

「い、今のは一体……?」

「さ、さぁ……?」

「夢……ですかね?」

俺、ポチ、シャロンの順でそう言った直後、がらんがこんと喧しい音が鳴り……何かが、異界遺宝がそれまで鬼が居た場所へと落ちる。

それは白い世界に包まれる前まで俺達が見ていた、光の向こうの光景にあった調度品の数々だった。

誰かの絵を覆う額縁、古びた壺に、古びた花瓶。

宝石をいくつも付けた金の環に、金の錫杖。

そしていくつかの何かの鉱石。

それらをじっと見つめて俺達は……しばしの間、何をして良いやら、何を言って良いやら分からなくなってしまうのだった。


刀を鞘に戻し息を整え、今しがた起きた現象のことを思い出し、異界遺宝をじっと見つめて……あれこれと考えを巡らせていた俺は、大きなため息を吐き出す。

「やめだやめだ、考えたって仕方ねぇ。

とりあえず今は素直に勝利を喜んで、ついでにこの大収穫を喜ぶことにしようじゃねぇか……見ろよ、金だぞ金、これは高く売れるに違いねぇ！」

そういって俺が金の輪っかを手に取ると、ポチが小さなため息を吐き出してから声をかけてくる。

「それ金メッキですよ、金以外の匂いがしますし……。

宝石もガラスを加工したもののようですし、価値としてはどうなんでしょうねぇ。

しかし見た目としては王冠なんですが、なんだって王冠をそんな程度の悪い金メッキで仕上げたんでしょうねぇ」

「王冠？」

と、俺が言葉を返すと、ポチがこくりと頷いて言葉を続ける。

「南蛮……エゲレスとかの王様の証みたいなものですね。

それを頭に乗せていれば王様ってことなんですよ。

王様は分かりますよね？　あちらで言うところのお殿様……征夷大将軍のことです」

「はぁん、なるほどなぁ、ってーと、こっちの金の錫杖もそれ関係か？」

「ええ、王の錫杖……王笏ですね。

ちなみにそれも金メッキです、価値としては微妙でしょうねぇ。

壺と花瓶は価値不明……絵に関してはどう価値をつけたものか全く不明、そしてこの、緑色の鉱石は……なんでしょう、初めて見ますね。

これもまた前回の赤色鉱石みたいに、価値があると良いのですけど……」

なるほどな、と頷いた俺は、手にした王冠を頭にひょいと乗せて、杖を背負鞄の紐に引っ掛けて、鉱石を鞄にしまい込み……そうしてから結構な大きさの額縁を両手で抱えて持ち上げる。

「俺はこいつを持って帰るから、シャロンとポチでその壺と花瓶の方を頼む。

帰り道にあいつらは出ねぇはずだから大丈夫だと思うが……もし出てきたらそこらに放り投げちまっても良いからな、割れても壊れても問題ねぇ、命あっての物種だ、変に欲をかく必要はねぇぞ」

俺のその言葉にポチとシャロンは素直に頷いてくれて……そうして俺達はえっちらおっちらと大

きな荷物を手に来た道を戻っていく。

ドアを開けてその向こうへと戻り、異界迷宮の道を逆に進んで入り口に戻り……そこでようやく、あのドアを向こう側から開け閉めしたらどういう変化を見せるのか、ドアの向こうに仲間を残しておいたらどんな風になるのかなど、色々調べることも出来たな、なんてことを思うが……まぁ、いつでも調べられるだろうと頭を振って、入り口へと手を伸ばす。

そうやって江戸城へと、あの蔵へと帰還すると……目の前に一人のエルフが立っていた。

長くさらっと真っ直ぐな金の髪、緑色の瞳の切れ長の目、すらっとした細面にとんがった長い耳、だぼっとした白布の衣。

相変わらず外見で男と女を見分けられねぇ種族だなぁと、その顔を眺めていると、透き通るような女性独特の高い声を上げて、声をかけてくる。

「どうも、ワタシは江戸城勤務の深森《ふかもり》エンティアンです。

今度新設されることになった異界遺宝買取窓口の担当で、鑑定や査定を得意としちゃうハーフエルフです。

……と、いう訳で早速そちらの、なんとも鑑定欲をそそる品々をお渡しくださいな!」

独特の訛りというか、言葉遣いでそう言った深森は、ずいとその両手を差し出してくる。

その手を見てじっとその顔を見て、胡乱げな表情を作る俺に対し、深森が何かを言おうとしたその時、深森の背後……白衣の向こうに隠れていた顔なじみのコボルトがひょこりと顔を見せる。

吉宗様直属の部下であるそのコボルトの顔を見て、俺が安堵の表情を浮かべていると、深森がなんとも渋苦い、嫌な表情を作ってくる。

「いや、大事な異界遺宝を、初対面の怪しげな奴に預ける訳にもいかねぇだろうよ」

と、俺が先程の胡乱げな表情の理由を説明すると、深森はぴくぴくと頰を痙攣させて……その様子に気付いているのかいねぇのか、足元のコボルトが「この人は大丈夫ですよ、吉宗様直属の部下なので」とのほほんとした態度で声をかけてくる。

そういうことならばと俺達は、それぞれ両手で抱えていた大荷物を深森の側に置いて、そうしてから王冠と王笏と、鉱石もその近くにそっと置く。

「じゃあ後は頼んだぞ」

と、そう言って俺達がその場を離れようとすると、深森が俺の腕をがしりと摑んでくる。

「いやいやいやいや、待って待って。

報告、中で何があったのか報告がまだでーすよ！　こんなに珍しい品々がどっさりと手に入るなんて、何かまた、前例の無い何かがあったのでしょう！　ワタシにそこら辺のことを教えてくださいな!!」

「……報告は吉宗様に直接するつもりだから気にしねぇでくれ、悪いがあんたには話せねぇよ」

報告を求めてくる深森に、俺がそう言葉を返すと、深森は再度ぴくぴくと頰を痙攣させて……そうしてから何かを言おうとした、その時。

コボルトがくいくいと深森の白衣を引っ張る。

「深森さん、駄目ですよ。

重大な発見や新発見があった場合は吉宗様に直接報告させるようにと、吉宗様も仰ってたではないですか。

貴方の飽くなき探究心は評価出来る部分ですが、ご命令よりそちらを優先するのはいただけませんね。

……犬界さん、そういう訳ですから、お手数ですがこのまま吉宗様の下へと報告に向かってください。

こちらの品々の鑑定はこちらで責任をもって進めておきますので、よろしくおねがいします」

と、頭を深々と下げてそう言ってくるコボルトに、深く頭を下げ返した俺とポチとシャロンはそれぞれによろしく頼むと声を返してから、蔵を後にする。

蔵を出て足を進めて、それなりに蔵から離れた時点で、ため息を吐き出した俺はぽつりと呟く。

「変人が多いとは聞いていたが、エルフってのは本当におかしな連中なんだなぁ」

するとポチが続いて、

「いやぁ、あれはあの方だから、ではないでしょうか。

ハーフエルフだから一際の変人になったという可能性も無くはないでしょうが……」

なんてことを言ってきて、そして、

「きーこえてますよ！　しーつれいなこと言わないでください!!」

と、蔵の方から地獄耳であるらしい深森の、大きな声が響いてくるのだった。


吉宗様の自室へと三人で向かい、挨拶もそこそこに異界迷宮で何があったのかの報告をすると、吉宗様は自らの顎を撫でながら何の言葉も発することなく考え込む。

考えて考えて、かなりの時間考え込んで……そうしてからゆっくりと口を開く。

「鬼の死に際に見たという光景については考えた所で埒が明かないので、とりあえずはそういうことがあったという情報を共有するだけにとどめようと思う。

そもそも最初の光景が本当にあちらの世界を映したものなのかも疑わしい上に、その後の白い世界に関しては殊更何とも言えないからな。

最初の光景に関しては、異界迷宮内に暗黒時代と呼ばれた頃の魔物達が再現されていることから考えるに、その頃の……人々が魔物の驚異に晒されていた頃の光景かも知れんし、現在の光景かも知れんし、未来の光景かも知れん……とにかく更なる情報が手に入るまでは保留とする」

その言葉に俺達が「了解しました」と返すと、吉宗様は満足そうに頷いて、言葉を続ける。

「……そんなことよりも今考えるべきは、その鬼の下へと繋がっていた扉についてだろうな。

前回の時点ではただの偶然かも知れぬと考えていたが、二度続けてとなれば偶然で片付けることは出来ないだろう。

お前達が休養している間、何組かの者達があの異界迷宮に挑んだが、扉を見つけたという報告は一つも無い。

お前達の前だけに現れて……前回では広間にて休息を取っている間に現れた、今回は広間に到着した時点に既に現れていた。そして広間に到着するまでの時間は前回と今回で大差無かった。

……さて、お前達はどう考える？」

その問いに答えることを早々に諦めた俺は隣のポチへと視線をやって……その向こうに座るシャロンもまた、ポチへと視線を向けている。

そうして俺達の代表となったポチは「うーん」と唸りながら少しの間考え込んでから、口を開く。

「……以前頂戴した資料によると、異界迷宮が見つかったばかりの頃に行われたという調査では、あちら側に帰りたがっているエルフさん達やドワーフさん達が、それぞれの種族ごとの組を作って調査したとのことでしたが、これは事実ですか？」

とのポチの問いに対し、吉宗様は力強く頷いて言葉を返す。

「ああ、事実だ。幕府の人間が調査に行くこともあったそうだが、その危険性ゆえに回数は少なく、奥まで入り込むことは無かったそうだ。

異界迷宮の最奥まで足を運んでの調査したのはいくつかのエルフ組と、いくつかのドワーフ組だけだ」

「……なるほど、コボルトが調査をしたことは？」

「あるにはあるが、同じく危険性を考慮して最奥までは行っていないな。

特に綱吉様の時代では、コボルトは非力であるとして保護の対象となっていたからな、当人達が行きたがったとしても許可が下りることは無かっただろう」

「……なるほどなるほど。現在調査している人達の中に、僕とシャロンさん以外にコボルトは居ますか？

それと人とエルフ、人とドワーフといった組み合わせで異界迷宮に挑んでいる人達は居ますか？」

「……いや、どちらも居ないが……ポバンカ、まさか……」

繰り返されたポチの質問からその意図を察した吉宗様が驚きの色を浮かべているのを見て、ポチはしっかり頷き言葉を返す。

「はい、異界迷宮に挑む際の組み合わせに意味があるのではないか、と僕は考えています。

というわけで、可能性その一、僕達コボルトの存在が扉の鍵となっている。

前回は僕一人だけで、今回は僕とシャロンさん。一人が二人になったことでその分早く扉が出現し、あの白い世界が出現したと、そういう可能性ですね。

そして可能性その二は、こちらの住人とあちらの住人という組み合わせや、別々の種族での組み合わせが鍵となっている……です。

どちらの可能性にせよ検証はとても簡単なので出来るだけ早く検証を済ませるべきでしょうね。鬼は強敵ではありますが、その分得る物が多いですし、扉の出現条件が確定出来たなら、吉宗様の計画にとっても大きな益をもたらしてくれることでしょう。

……まぁ、一度倒したらそれっきり、二度と扉が出現しなくなる、鬼が出現しなくなる、という可能性もあるにはあるのですが、そこら辺について検証するためにも、まずは扉の出現条件をはっきりさせるべきでしょう」

ポチがそう言って言葉を終えると、吉宗様は顎を撫でながら感心したようなため息を吐き出し……そうしてほんの少しだけ頭を悩ませてから、再度ため息を吐き出し、口を開く。

「ポバンカの考えが当たっているとすると、なんとも皮肉なことになるな。

過去、エルフ達、ドワーフ達はなんとしてでもあちらの世界に帰ろうと必死に調査をしていた。その必死さが過ぎて種族間の諍いを起こすことも多く……種族の壁を超えての協力や調査は一切行われていなかった。

唯一コボルト達はそういった諍いを一切起こすことなく穏やかに日々を過ごしていて、コボルトとであれば協力が出来たのかもしれないが、連中は早々に人間如きに追いやられた劣等種族だとコボルト達を見下し、その可能性を自ら断ってしまっていた。

……その必死さと過ぎた誇りが調査の妨げとなっていたと知ったら……連中は一体何を思うのだろうな」

そう言って吉宗様は視線を逸らし窓の向こうの、青々とした空をじっと見つめる。

ハーフエルフと呼ばれる、人間とエルフの混血児が生まれる程に、エルフやドワーフのほとんどは江戸の世に馴染み、コボルト達のように人と共に生きる道を歩んでいる。

この江戸城にも何人かのエルフ、ドワーフの職員が居るし、江戸の町中でも稀有ではあるが日々を営んでいる姿を見ることが出来る。

……だが、屋久島に住まうエルフと、佐渡島に住まうドワーフの中の一部の者達は、人と関わり合うことの一切を拒否し、自分達だけの世界を作ってしまっていて……世界の全てに融和と和平をと望む吉宗様としては色々と複雑な思いがあるのだろう、窓の向こうを見つめたまま、一際大きなため息を吐き出す。

更にもう一つ大きなため息を吐き出した吉宗様は、こちらへと視線を戻し、表情を引き締めて……ゆっくりと言葉を吐き出す。

「その件に関しての検証はこちらでも進めておく。犬界、ポバンカ、ラインフォルトの方でも出来うる限りの検証をよろしく頼む。

それと今回得た情報の質はかなりのもので……鬼の討伐とその際に得た異界遺宝の分も含めて、それ相応の報酬を出させて貰うつもりだ、期待しておいてくれ。

……まぁ、数が数だけに鑑定の為にいくらか時間がかかってしまうだろうが――――」

と、その時。

吉宗様の言葉をかき消さん勢いで、ドタバタと慌ただしい足音が響き聞こえてくる。

それはどうやらこの部屋へと向かってきているようで……直後、扉が凄まじい音と共に開け放たれて、先程顔を合わせたハーフエルフ、深森なんとかが顔を見せる。

「鑑定、査定無事に終わっわりましたー！　頑張って終わらせましたよ――!!

だからワタシにも、ワタシにも情報をおしえてくださ――いな！！！」

顔を見せるなりそんな大声を上げげた深森に、俺とポチとシャロンと、吉宗様の下で働くコボルト達が呆れ返った表情を向けていると……吉宗様がとんでもねぇ言葉を口にする。

「種族の壁を超えた調査……か。

するとハーフエルフが同行するとどういう結果になるかも、検証するべき……か？」

その言葉を受けて慌てて俺達が振り返ると、吉宗様は真剣な……どこまでも真剣な表情をしていて、俺とポチとシャロンは凄まじいまでに嫌な予感に襲われて、背筋を震わせるのだった。

第七章――その後のあれこれとか道楽とか

『ハーフエルフの深森エンティアンは異界遺宝の鑑定、査定という重要な仕事を担っている欠かすことの出来ない幕府の職員である。

したがって異界迷宮探索に日々を費やすなど到底許されることではない。

しかしながら当人が異界迷宮での現地調査を強く望んでおり、件の扉の出現条件の調査、検証においても重要な役目を担っている人材であることから、最低でも一回、可能ならば定期的に異界迷宮へと連れていき、現地調査と扉に関しての調査、検証に協力すること。

その回数、調査結果に応じて相応の報酬を払わせて貰う。

依頼人　徳川吉宗』

異界迷宮から帰還した翌日の朝食後。

俺は本棚とたんすしか置いていねぇ自室に横になって身体を休めながら、そんなことが書かれた一枚の紙……『依頼書』を畳の上へと投げ出し、じっと睨んでいた。

異界迷宮探索の際にあれを持ち帰って欲しい、こんなことをして欲しいなどといった幕府からの依頼を記したその書類は、異界迷宮関連法案にも記載がある公的な力を持つものであり……今後こういった依頼書は、特定個人に対し、あるいは不特定多数に対して積極的に発行されることになるそうだ。

そして今回のこれは、俺個人に対し発行されたものであり……つまり俺は最低でも一度、なんらかの折にあの深森を異界迷宮に連れていく必要がある……ということになる。

こういった面倒かつやる気の起きねぇ依頼は、不特定多数……つまり異界迷宮探索者全員へ向けて発行して欲しいものだが……そうすると今度は報酬の為にと多忙な深森の争奪戦が起きてしまい、本末転倒となってしまう可能性がある、とのことで……そもそも吉宗様直属の部下である身としては拒否権などあるはずがなく、受け入れるしかなかった、という訳だ。

この依頼の持つ重要性は分かっているし、吉宗様の意にも沿いたいとは思う。

だがなぁ……あいつはなぁ……。

吉宗様の自室に突撃してくるような極めて厄介な性格をしている上に、これまでの人生を学問と研究のみに費やしてきたんだそうで、戦闘能力が皆無どころか、運動全般を苦手としていて……吉宗様の自室まで駆けてくるまでに三度もコケてしまう程であるらしい。

そんな奴を連れて異界迷宮に……あーあー、全く厄介なことになってしまったなぁ、おい。

……と、そんなことを考えてごろりと寝返りを打った折、

「狼月、居る？」

聞き慣れた声が廊下の方から響いてくる。

「おう、居るぞ」

と、声を返すとふすまが開いて、ネイが顔を見せる。

「どう？　今回は？　稼げたの？」

「おう、中々のもんだったぞ、といっても異界遺宝の評価は散々で……金になるかと思った石もコボルト鉱石っていう安値のもんだったがな……今回稼げたのは仕入れた情報のおかげよ」

「コボルト鉱石……？　コバルトじゃなくて？」

「おう、コバルトによく似た、緑色のコボルト鉱石だ。もろくて溶けやすく、加工しやすいといえばしやすいが、加工した所でなんにもならねぇ、唯一の使いみちは、聞いて驚け畑の肥料だ」

「はた……畑!?　そ、それは本当に鉱石なの……？」

余程に驚いたのかネイは素っ頓狂な声を上げて、子供の頃に見たような程よく崩れた表情をする。

それを見て小さく笑った俺は、身体を起こしてあぐらをかいて、ネイと会話する為の姿勢を整える。

「おうよ、砕いて畑に撒けばコボルトクルミがよく育つそうだ、さすが異界産の鉱石はひと味もふた味も違うよなぁ」

「……そうね、異界の品物だものね、そういうこともあるわよね……じゃあその石は肥料と同価値ってことになったの？」

「いや、好事家に売れねぇこともねぇってことで、いくらかは高くなった……が、他の連中も結構な割合で拾ってくるもんらしくてな、肥料に色がついたくらいの値段だったな。

後は金メッキのしょうもねぇ品と、壺と花瓶と絵画だったがー、それもまぁ異界産ってこと以外は特別珍しいもんでもねぇそうでな、一応幕府が買い上げってことにはなったが……まぁ、お前ならどんな値段がついたかは察しがつくだろう」

「あー……なるほどねぇ、それじゃぁ大した値段にはならないわねぇ」

と、そう言ってネイは、部屋の中へと入ってきて……足を曲げ、斜めに並べての乙女座りで腰を下ろす。

「じゃあ、今回高値で売れた情報っていうのはどんなもの……ってこれは聞かない方が良い？」

そう言葉を続けてくるネイに、俺は顎を撫でながら言葉を返す。

「お前ならまぁ、既に色々な事情に通じているし、情報を漏らすこともねぇんだろうし、言っても構わねぇんだろうが……ま、そうだな、言わねぇ方が良いんだろうし、聞かねぇ方が良いんだろうな。

あれこれと巻き込んだ手前、今更って感じではあるがなぁ」

「本当に今更ね、ま、おかげで異界迷宮がどんな存在であるのか、そこにどんな価値があるのか、自分の目で確かめることも出来たし？　他の商人たちに先じての出店が出来そうだし？　文句を言うつもりは無いわよ。

「……あ、でもそうね、もし少しでも悪いと思っているなら、その稼ぎでまた道楽に連れていってよ。

またあの天ぷら屋でも良いし、別の店でも良いし……あ、つい最近しるこ屋が始めたっていう『あんみつ』でも良いわよ」

そう言ってにっこり微笑むネイを見て俺は……あることに気付いてそれをそのまま言葉にする。

「……お前、口調がいつのまにか昔の、子供の頃のそれに戻ってやしねぇか？

ちょいと前に店で会った時はもうちょっとこう、商人らしい、勝ち気な口調だったじゃねぇか？」

俺のその言葉にネイは、頬を真っ赤に染めて口をぱくぱくと動かし……何を言おうとしているのか、何が言いたかったのか、それを言葉に出来ねぇまま、手を振り上げてばちんばちんと俺の頭だの肩だのと叩いてくる。

避けようと思えば避けることが出来たし、防ごうと思えば防ぐことも出来たのだが……そうした場合更なる怒りを買いそうだなとの判断をした俺は、

「分かった分かった、ポチやシャロンを誘って今からそのしるこ屋とやらに行こうじゃねぇか」

と、そんな言葉を返すのだった。

あんみつは、元々あった『みつまめ』という甘味に餡を追加で盛ったもの、なんだそうだ。

みつまめの時点で十分に甘かったというのに、更に餡を盛ることで甘さをどんと追加。

そう聞くとただやけくそに甘いもののように思えるが、賽の目に切った寒天や果物、求肥《ぎゅうひ》を添えることで普通に楽しめる味に整えている……らしい。

まぁ、甘味好きの俺としては文句は一つも無く、ポチに声をかけてから家を出てシャロンの家に向かって声をかけて、そうして四人であんみつを出しているというしるこ屋へと向かう。

「あんみつですか、話には聞いていたので楽しみですねぇ。

弟妹達も来られたら良かったんですが、中々どうして折り合いがつきませんねぇ」

と、ポチ。

「わ、私！　私、こんなに稼いだのは初めてで！　しかも道楽までもがお仕事だなんて、こんなことあって良いんでしょうか！」

と、薬師としての割烹着ではなく、白毛によく似合う淡い桃色の着物を着たシャロン。

「お洒落な外観のお店で、紅茶と一緒に楽しめるそうなのよ。

元々はおしるこ屋さんだったそうなのだけど、今ではあんみつ屋さんと言った方が良い程の賑わいだそうよ」

と、ネイ。

そんな面々でそんな風に言葉をかわしながらあんみつ屋へと足を進めていって……そうして件のしるこ屋のある通りへと到着すると、そこには思いもしていなかった光景が広がっていた。

長屋の一画にある小さな店の前には、いくつもの丸机と椅子と、それらを覆う大きく華やかな柄の傘が並べられていて……想像していた以上の数の女性達と、何組かの男女がそこに腰掛けながら、あんみつと思われるガラス皿に盛られた甘味を楽しんでいたのだ。

「こりゃぁ驚いた、繁盛しているとは聞いていたが、店からはみ出す程とはなぁ。

……しかしなんだな、席が足りねぇから仕方なく外に作った……にしては、一つの机に椅子が二つってのは、効率が悪くねぇか？」

その光景を見ながら俺がそう言うと、ネイが、

「まぁぁまぁぁまぁ、席が無くならないうちにまずは座りましょうよ」

と、そう言って俺の背中を押してくる。

そうして店近くの席にポチとシャロンが、その隣の席に俺とネイが着くことになり……そんな俺達を見てか、すぐに店の方から割烹着姿の店員がパタパタと駆けてくる。

「ご注文は？」

との声に俺達が異口同音に『あんみつと紅茶で』と答えると、店員はじぃっとポチとシャロンと、俺とネイのことを見つめて来て……そうしてからこくりと頷いて「了解です！」との言葉を残して、店の方へと駆け戻っていく。

「……なんだか、妙じゃねぇか？　あの店員の様子もそうだが、周囲の空気もどうにもな……」

俺がそう呟くと、真向かいに座ったネイは、にやけているのともまた違うなんとも言えねぇ表情を浮かべて……「さぁてねぇ」なんてことを言ってくる。

明らかに普通ではねぇその表情と、そもそもあんみつを食べに行こうと言い出したのがネイであることから、これは何かあるぞと俺が身構える中……ポチとシャロンはなんとものほほんとした態度で鼻をすんすんと鳴らし、漂ってくる甘い香りを存分に楽しんでいる。

そうして少しの時が経ってから、二人の店員がパタパタと駆けてきて……ポチ達の机にどんと一つのガラスの器と二組の鉄匙と湯呑を、俺達の机にどんと一つの器と二組の鉄匙と湯呑を置いて「ご注文は以上ですね！」なんてことを言って、店へと駆け戻っていってしまう。

その背中を目で追いかけながら、おいおい、器が明らかに足りねぇぞ、とそんなことを言いかけて……ハッとなった俺は周囲の机の上へと視線を巡らせる。

女性同士、友人同士と思われる二人の机の上には小さめの二つの器が置かれていて……そして男女の、恋人同士と思われる二人の机には大きな一つの器が置かれていて……。

更には俺の目の前にもある大きな器の中だけに、恋人の象徴だとか言われている花桃の花びらが添えられてしまっていて……そこでようやく疑惑を確信へと変えた俺は目の前のネイのことを睨みつける。

俺の睨みをネイは「おほほ」と微笑みながら受け流し、ポチとシャロンに「早く食べましょう」

なんて言葉をかけてから鉄匙を手に取る。

ポチとシャロンは目の前のこれが何であるか気付いていねぇようで……こういうこともあるのかと、気にした様子もなく鉄匙を手に取ってあんみつを楽しみ始めて……そうしてネイが、ニヤニヤとしながらあんみつをパクパクと食べ始める。

一体何が狙いで、何がしたくてこんなことをしてくれたのだと、ネイのことを睨んでいた俺は……なんだかこのまま食べねぇでいるのも敗北感があるなと考えて、鉄匙を手に取り、器の中身をすくい取り、がぶりと食べる。

ただただ甘いその味には、ほんのりと花桃の香りが染み込んでいて……俺はその甘さと香りをこれでもかと味わいながら、ネイのことを睨みながら、あんみつをがつがつと食べ続ける。

すると半目になったネイが、

「何よその顔は、このアタシと……江戸商人一の美人と名高いアタシと流行りのランデブーを楽しめるせっかくの機会なんだから素直に楽しみなさいよ、それとも何？　このアタシが相手じゃぁ不満な訳？」

と、そんなことを言ってくる。

それを受けて俺は、目的の分からねぇ嫌がらせをしてきた上に、訳の分からねぇ単語を使って煙に巻きやがって……と、そんなことを考えながら、

「別に不満はねぇよ」

との一言を返し、鉄匙を持ち上げあんみつを口の中へと放り込むのだった。

あんみつを完食し、次々とやってくる客達に追いやられる形で、しるこ屋を後にした俺達は、さて次は何処へ行ったものかと適当にそこらをうろついていた。

また何かしょっぱいものを求めて飯屋にでも行くか、それとも他の道楽でもするかと、暖かな日差しの中でゆったりとした時を過ごしていると……店先に長椅子を並べて、色鮮やかな旗を並べている人形芝居屋が視界に入る。

「あ、あのあの……私ああいうお店にあんまり行ったことがなくて、その、どうでしょうか！」

その賑やかな光景を見るなり、シャロンがそわそわとしながらそう言ってきて、俺が「良いんじゃねぇかな」と言葉を返すと、ポチとネイが続く形で頷いて……そうして良い席を取ろうと駆けていくシャロンの後を追いかけて、並ぶ長椅子の手前の真ん中という最高の席に四人並んで腰を下ろす。

集金係に金を払い、口寂しくならねぇように人数分の棒菓子と水出し茶を買って……それから少しの間、ゆったりとしながら待っていると、客達で椅子が埋まり、店の中の舞台が整えられ、人形芝居の幕が開く。

旗に書かれていた演目は『悲しくも美しい叶わぬ恋』なるもので……主人公とその恋人役を演じ

るのはコボルトを模した精巧な人形だ。

こういった人形芝居では客の種族を見て使う人形を変えることが多い。

実際長椅子に座っている客のほとんどが棒菓子を美味しそうに頬張るコボルト達で……耳や尻尾、眉に口が仕掛けによって細かく動くコボルト人形が、綱吉公以前の時代の親が結婚する相手を決めるという強制結婚による悲劇を演じていく。

その頃にはまだコボルトは居なかっただろうがとか、無粋な突っ込みは必要ねぇ。

今や誰にとってもコボルトの居るこの光景こそが、当たり前の日常の光景なんだからな。

『何故、何故拙者達は想い合う者同士で結婚することが出来ないのか！』

『嗚呼、みどもは、みどもはあんな男とは結婚しとうありません！』

……なんなんだ、その台詞はとか、そんな突っ込みは必要ねぇ。周囲の誰もが目の前の物語を楽しんでいるのだから。

……いや、しかし、どうなんだろうなぁ、その台詞は……。

この劇の中にあるような、親が結婚相手を決めるだとか、個人よりも家が優先されるだとかいう考えは、綱吉公の改革『文明開化』によって他の古い考えや文化と共に廃れていった。

そういった改革や、そもそもの異界の住民達を受け入れること自体に反対していた勢力も当然存在していた訳だが、綱吉公の剛と柔を使い分ける交渉術と、受け入れた方が様々な実利を得られるとなっていったことにより、その勢力は時の流れと共に消滅していった。

コボルトという鼻の利く隣人達は、その鼻の力で毒を嗅ぎ分け、懐に忍ばせている武器を嗅ぎ分け、誰と誰がどう繋がっている、いついつ接触したなどの裏の繋がりを嗅ぎ分けることで改革に邁進する綱吉公と、周囲の者達を守り続けてくれた。

ドワーフという最高の鉱夫であり鍛冶師でもあった隣人達は、命を落とすのが当たり前であった鉱山の在り方を大きく改良してくれた上、その鍛冶術でもって様々なものを……今までに存在しなかった道具を、技術を産み出してくれた。

エルフという農学、薬学に優れた隣人達は、その知識でもって農業と酪農の生産力と安定性を激的に高めてくれて……そしてその薬学でもって疱瘡や麻疹といった流行病を始めとした、様々な病の治療法を確立、人々の寿命を大きく伸ばしてくれた。

こうした実利を前にして、いつまでも改革反対の声を上げ続けることは、余程のひねくれ者でなければ難しいだろう。

……一応ある地方に最後の最後まで抵抗した阿呆が居たには居たのだが、実利を受け入れた地域が凄まじい勢いで発展していく中で、その地域だけが発展せず、その地域だけが流行病に苦しんでいるとなれば、民の反発などもあり抵抗は全く意味を成さなかった。

その阿呆が五十そこそこで病に倒れて……綱吉公は病知らずで百二歳まで生きたという話は、今や教科書に載る程の有名な逸話となっている。

その長い人生の中で綱吉公が提唱した『種族が違っても、立場が違っても人は皆平等である』との平等論から、男女平等論、基本的人権論などが発展し……そうした改革は次の代になっても推し進められていって……学校制度の普及、義務教育の開始を経て、高等教育を受けた民達による官僚制からの中央集権化、幕府から立憲幕府制への抜本改革などの流れがあって、今のこの太平の世があるという訳だ。

そうなる前の、古臭い時代だったなら、妹のリンが学校に行くことや、隣に座るネイが商売人として成功するなんてことは、許されていなかったんだろうなぁ……。

……と、そんなことを考えていると、人形達の想いが、愛が一気に膨れ上がって爆発し、二人で手に手を取っての逃避行という結末へと向かっていく。

逃避行の先にあるのは改革が進み、自由恋愛が推奨され始めた花の大江戸で……いや、こいつらは一体いつの時代の何処に住んでる連中だったんだよとか、そんな突っ込みが俺の中でふつふつと湧き上がってくる……が、周囲のコボルト達が涙を流しながら盛り上がっている様子や、ネイさえもがその目を輝かせている光景を見て、俺はぐっと無粋な突っ込みを呑み込む。

そういったことに誰よりも詳しい、理屈家のポチが普通に、素直に劇を楽しんでいるのだから、俺なんかが声を上げるのは無粋に過ぎるだろう。

そうして何人もの黒子達の凄まじい技術によってまるで生きているかのように動き回った人形達の演劇は、沸き起こる大歓声と拍手の中で幕を閉じるのだった。

人形芝居以外にも江戸にはいくつもの娯楽がある。

落語や講談、歌舞伎に演劇、紙芝居に機械芝居。

人形芝居で娯楽魂に火が付いたらしいシャロンは、それらに行こうとはしゃいだのだが……そろそろ昼時、腹も良い具合。それらは一旦後回しにして、まずは昼食にしようということになった。

「人形が全然人形じゃぁないみたいで！

鼻の動きも、耳の動きも、髭の動きも完璧で……操作していた黒子さん達もさることながら、あの人形を作った人形師さんも素晴らしい腕をしていますねぇ!!」

そんな風に鑑賞後の感想に夢中になって、手を振り尻尾を振り、楽しそうに声を上げるシャロンを伴って向かったのは芝居小屋からそう離れていねぇ場所にあった蕎麦屋だ。

その店はそこらにあるような典型的な蕎麦屋ではなく、全く新しい蕎麦を提供する創作蕎麦屋なんだそうで……店内の小上がりは老若男女の客達で良い感じに賑わっている。

「こりゃぁ中々期待出来るんじゃぁねぇか？」

と、そんなことを言いながら履物を脱いで小上がりへ上がって……一番奥の誰も居ねぇ食卓の前に腰を下ろす。

俺の隣にはネイ、向かいにポチとシャロンという形で座って、食卓の上にあるお品書きを手に取って表紙をめくってみると……なるほど、創作蕎麦屋と言うだけはあるなという品が、簡単な説明と中々達者な絵とでもってそこに描かれていた。

『蕎麦粉を水で溶いて、薄く伸ばして鉄板で焼いて、その上にお好みの具材を乗せたもの』

真っ先にそれは蕎麦なのかと言いたくなる品を載せやがるとは、中々やってくれる。

見た目にも華やかで中々食欲を刺激してくれるのがまた油断がならねぇ。

『蕎麦粉を混ぜて作った生地で、餡を包んだ蕎麦団子』

……二番目に甘味を載せるのはどうなんだろうな。

『季節の野菜と、それに合う薬味と香辛菜をたっぷりと入れた特別製のつゆで食べる蕎麦』

……ああ、大層な名前の割に蕎麦自体は普通のものなんだな。

そこに描かれている絵は、大きな器にたっぷりと、つゆが見えねぇ程に野菜が盛られているもので……あの野菜群に絡めて蕎麦を食べるという感じなのだろうか。

『何の面白みも無い普通のつゆと蕎麦』

……。

食に関わる商売で面白さを優先しねぇで欲しい所だが……まぁ、客がこれだけ居るってことは、それなりの味なんだろうな、うん。

そんな、なんとも言えねぇお品書きに目を通して、周囲の客達の様子を窺って、そうしてからネイ達の方へと視線を向けた俺は、ネイとポチとシャロンが同じ品の頁をじっと見つめていることに気付く。

蕎麦を食べに来た以上は蕎麦を食べたい。

それでいて創作蕎麦屋に来た以上は風変わりな蕎麦を食べたい。

そんな想いを抱いているのは、ネイ達も同様のようで、ネイ達と無言のまま頷き合ってから俺は、片手を振り上げながら、店員に向けて声を上げる。

「この季節の野菜が入っているとかいうつゆの蕎麦、四人前で頼む！」

するとすぐに返事があって……そんなに待つことなく四人前の大きなつゆ用の皿と、ざるにのった蕎麦が運ばれてくる。

せりに菜の花、玉ねぎに玉菜、ネギ、しょうが、しそ、蜂蜜梅肉。

なんだか随分と適当な組み合わせに思えるが……周囲の客を見ると皆これを食べているようだし、何はともあれまずは一口と、箸で持って蕎麦を持って……野菜と絡めながらつゆに浸す。

そうして口の中にそれらを突っ込むと……薬味と春の香りが口いっぱいに広がって、野菜の中でしつこくならねぇように調整されたつゆがなんとも良い仕事をしてくれる。

蕎麦については、正直普通でしかなかったが、野菜独特の食感と蕎麦独特の食感がなんとも面白く絡み合う。

「これはこれで悪くねぇのかもなぁ」

と、俺が感想を漏らすと、

「シャキシャキツルツル感がとっても良いですね！　僕は大好きです！」

と、ポチが続き。

「梅肉もつゆもそこまで塩っけが無くて、合わせて食べても違和感が無いのが良いじゃない。後はこれにみょうががあれば最高なんだけどねぇ……」

「ネイさん、みょうがは夏の薬味ですから、春の季節の野菜には入らないいんじゃないですか？」

と、ネイとシャロンが続く。

それから俺達は人形芝居の感想を言い合いながら創作蕎麦を楽しんでいって……そうする間にも、新しい客達が次々と訪れて、店内が賑やかになっていく。

そんな中、一人の男が……いかにも常連ですといった態度の男がやってきて、店員に向けてまさかの注文をする。

「季節の野菜！　肉入りで！」

するとポチとシャロンが耳をピンと立てて、肉入りだと!?　と言わんばかりの表情をする。

お品書きには書かれていなかったその単語に、ポチとシャロンが激しく動揺する中、店員がその常連の下へと器を運んできて……その器へとポチとシャロンの視線が釘付けになる。

あれは恐らく豚肉だろう。

豚肉の良い所を湯がいているようで……ああ、もしかしたら野菜の切れっ端や薬味の切れっ端なんかを入れた湯で湯がいているのかもしれんな。

そうすることで余計な脂を落として、臭みも綺麗に取り去って……さっぱりとしっかりと肉と野菜と蕎麦を楽しむ。

これはまた新感覚というか、新食感というか……肉好きにはたまらねぇ一品となっていることだろう。

そうして常連客がなんとも美味しそうに蕎麦を食べ始めるのを見て、ポチとシャロンは……、

「ぼ、僕も肉入りをお願いします！」

「わ、私も、もう一皿肉入りで!!」

と、止せば良いのに追加注文をしてしまう。

腹にたまりにくい野菜と蕎麦が相手とはいえ、お前達の身体で二皿目はきついだろうにと思いながらも……無粋な真似は良そうと言葉を呑み込んだ俺は、お品書きを手にしているネイの方を見やり、頷き合ってから、

「蕎麦団子と蕎麦茶をくれ！　二人前だ！」

と、食後の甘味と洒落込むための注文をするのだった。


追加の肉入り蕎麦を食べたポチとシャロンは、案の定というかなんというか、腹をぱんぱんに……限界を超えて膨らませて、そのまま動けなくなってしまった。

仕方ねぇなとため息を吐き出しながら俺とネイは、支払いを済ませ、ポチとシャロンをそれぞれ

抱えて……春風を浴びながらの休憩をしようと、近くの川の土手へと足を向けた。

いざという時の備えとして整備された土手には、多くの人を呼び集め土手を踏み固めて貰う為にと、何本もの桜が植えられていて……まだまだ満開とは言えねぇがそれなりに花を咲かせての春の景色が出来上がっている。

そしてそこには当たり前のように商売に励む者達が居て……俺は適当な、真面目そうな連中に声をかけて、いくらかの銭を渡し、ござと桜湯を注文し……土手を越えた向こう、川のほとりへと足を運ぶ。

すると先程の連中がそこまで追いかけて来てくれて、適当な良さそうな場所にござを敷いてくれて、俺達は履物を脱いでそこへ上がり……ポチ達をそっと寝かせてやる。

「す、すみません……うぇっぷ」

「お、おにく、おにくがお腹の中で暴れてます……」

なんてうわ言を口にするポチ達の顔に、日光が眩しくねぇようにと手ぬぐいをそっとかけて覆ってやって……そうしてから先程の連中が持ってきてくれた桜湯を受け取る。

まん丸のガラスの容器に、いっぱいになるまで沸かした湯を注ぎ込み、桜の花びらの塩漬けを適当に投入し、桜の木で作った蓋で栓をする。

そうすることで湯の中でひらひらと桜の花びらが舞う素敵なガラス玉が出来上がり……土手の上の桜だけでなく手元でも桜を楽しめるという寸法だ。

用意された湯呑は四つ……だが、今使うのは二つで良いだろう。

隣に座るネイに一つを手渡し、ガラス玉の栓を抜いて……桜湯をゆっくりと注いでやる。

そうしてから自分の湯呑にも桜湯を注ぎ、栓をし直したガラス玉をそこらに置いて飾り……春風を楽しみながら桜湯を口に含む。

桜の香りをそうやって楽しんでいると、桜餅に長芋の桜和え、桜飯なんかを食べたくなってきて……桜が満開となる頃にまたここらに足を運び、それらを食ってやろうと決意する。

「春ねぇ」

「春だなぁ」

一言だけを呟いたネイに、そう呟き返した俺は……もう一口桜湯を口に含む。

色々な技術が発展し、暖房が驚く程の発展を見せた昨今だが、それでも冬は寒く厳しいものであり……冬が寒ければ寒い程、厳しければ厳しい程、それらを乗り越えた後の春の暖かさが骨身にしみる。

近くで悶えるポチ達の呻き声も同時にしみ込んでくるが……まぁ、そちらについては気にしねぇことにしよう。

それから俺達は特に何をする訳でもなく、桜湯と桜と春風を堪能しながら時間を過ごして……夕方頃。

ようやくポチ達が歩けるまでになったので、今日はこのくらいにしようとネイを家まで送り、シャロンを家まで送り……そうしてから家に帰ることにした。

家では当然夕食が用意されていたのだが……ポチの腹はまだまだ受け入れ体制が整っていねぇようで、そのまま自室に直行。

ポチの分の夕食は俺の弟の弥助と、ポチの弟のポールが半分ずつ食べることになり……そうして翌日。

今日も今日とて道楽だと思っていたのだが、ポチの腹具合が思わしくなく、昼過ぎまで休むことになり……今日も今日とて道楽だと思って遊びに来た、ネイとシャロンを俺の部屋に迎えて雑談をしながら過ごしていると、どたばたと凄まじい足音を立てながら誰かがこちらへと駆けてくる。

そうして挨拶も無くバタンと部屋の戸を開けたのは、愚弟二人組の弥助とポールで……俺が叱ってやろうと拳を握り込みながら立ち上がると、俺の部屋をぐるりと見回して、それからネイのことを凝視した弥助が、とんでもねぇ大声を上げてくる。

「兄貴!!　異界迷宮に行くと良い女にモテるって本当か!?

異界迷宮に行くと金持ちになれて、良い女を侍らせることが出来て、毎日毎日遊んで暮らせるってそんな噂が江戸中に流れてるぞ!!」

そんな大声を受けて俺が、十五にもなってこいつは何を言っているんだと頭を抱えていると、弥助の隣でシャロンのことを凝視したポールがこれまた大声を張り上げてくる。

「狼月さん!　おいらも良い女にモテたいっすよ!!

モテるにはどうしたら良いんすか!!　異界迷宮行ったら良いんすか!?　異界迷宮に行くにはどうしたら良いんすか!?」

こいつはこいつで全く何を言っているんだと呆れ果てた俺は、大きなため息を吐き出しながら二人に言葉を返す。

「……お前らはまず異界迷宮云々の前に、道場での鍛錬をこなすことに集中しろ。

特に弥助、お前は親父の道場を継ぐことになっているんだから、そんなことにうつつを抜かしている場合じゃぁねぇだろう。

道場の鍛錬をこなして、親父に認められて、更にそこから一段上へ、二段上へと精進することで、ようやく一人前のことを言えるようになるんだ。

モテるだのなんだのは、それから考えれば良いことで……そのくらいまで己を鍛えれば自然と自信が身につき、モテることにも繋がるだろうよ。

……ちなみにだが異界迷宮は、俺とポチでも命を落とす危険性のある、戦国の世よりも危険かもしれねぇ過酷な場所だ。

そんな未熟さでモテる為に異界迷宮に行くなんて言い出した日には、そのひょろっこい腕と足を折ってでも止めるからな……覚悟しておけ」

力を込めて想いを込めて出来るだけ声を太くして、二人の脳裏に刻み込まれるようにと願いながらそう言うと、愚弟達はお互いを見合いこくりと頷いてから、その馬鹿丸出しの顔を輝かせながら口を開く。

「つまり道場で身体を鍛えれば女にモテるんだな!!」

と、弥助。

「狼月さんや兄ちゃんが毎朝毎朝道場に行っていたのはそういうことだったんすね!!」

と、ポール。

こいつらはまったく……なんだってこんなにも馬鹿なんだと、呆れ返った俺が言葉を失っていると、どうやら馬鹿二人はそれを同意しているものだとみなしたようで……そのままどたばたと、道場の方へと駆けていってしまう。

その姿を見送って大きなため息を吐き出した俺に、にやにやとした表情で事の成り行きを見守っていたネイは、

「ま、いいんじゃない? 異界迷宮に行けば女にモテるってなれば、それはそれで異界迷宮の悪い噂を払拭するっていう、アンタ達の目的を達成したことになるじゃないの」

なんてことを言ってくる。

ネイの隣のシャロンも全く同意見なのか、こくこくと頷いていて……そのにやけた表情を見た俺は、ああこいつら『良い女にモテる』って噂の出処が自分達だからと喜んでいやがるんだなと、再度のため息を……大きなため息を吐き出すのだった。

結局その日のうちにポチの体調が回復しきることは無かった。

そんなポチの世話をするというのも、それはそれで穏やかな時間が過ごせるので良いかとなり、俺達はそのまま俺の自室での時を過ごすことにして……そうして翌日。

桜が満開となったとの報を聞いて俺とネイ、ポチとシャロンは、花見にしゃれこもうとあの川べりへと足を運んでいた。

以前ござを頼んだのと同じ連中に銭を渡し、以前と同じござと桜湯と、それと出前弁当の注文をし……一等地に敷いて貰ったござに腰を下ろす。

「しかしネイ、よくもまぁ三日連続で休みが取れたよな、商売の方は問題ねぇのか？」

腰を下ろし一息ついてからそう言うと、ネイはからからと笑いながら言葉を返してくる。

「元々しばらくは休みを取るつもりだったからね、なんにも問題は無いわよ。

……ほら、上様が計画している異界迷宮関連特区への出店の話、あれに本腰を入れようと考えていてね、そっちの店と蔵が出来上がるまでは仕事が無いっていうか、開店休業状態っていうか、そんな感じなのよ。

立派な店と立派な蔵を発注して、その店と蔵をいっぱいにする量の異界迷宮関連の品物を発注して……。

その投資を確実に成功させる為って意味では、アンタ達とこうしているのも仕事のうちと言えるかもしれないわね」

成功するかどうかも分からねぇ異界迷宮特区に、そこまでの投資というか賭けをしてしまうというのは、辣腕とまで言われた商売人のネイらしからぬ行いに思えてしまって……そうして俺が苦い顔をしていると、ネイは一段と明るい表情となって言葉を続けてくる。

「なぁに、廃業寸前だったあの頃を思えば、こんな賭けくらいなんでもないってなもんさ！このおネイ、無謀な賭けをするほど耄碌《もうろく》しちゃぁいねぇし、アンタ達が異界迷宮でぐずぐずしている間に、蔵を十も二十も増やしてやるからね！」

いつもの、商売人としての口調でそう言ったネイは、ぐいとその細腕を……その拳で天を突かんばかりに突き上げる。

それは商売で天下を取ってやると、そう言っているかのようであり……生半可ではねぇその覚悟と、しっかりと先を見据えているらしい活力に満ちた瞳を見て、安堵した俺は何も言わずに、ござの上に寝転がる。

腕を組んで枕にし、足を組んで楽にして、桜吹雪の舞い散る空をじっと眺める。

そんな俺を見てなのかポチもまた同じ格好で俺の隣に並んできて……そうしてぽかぽかと春の日差しを堪能していると、ネイとシャロンが俺達の頭上であれこれと言葉を交わし始める。

「ところでネイさん、いくつか手に入れたい薬草があるのですけど、お店が開いてからで良いので仕入れては貰えないでしょうか？」

「もちろん、構わないわよ、名前が分かればすぐにでも、こういう効能の薬草って曖昧な指定でもなんとかしてあげるわよ」

「ああ、良かった、では……えっと、口にするのは憚られるので、その、文字の方で……これと、これ、それとこれをお願いしたいのですけど」

「……ん？　あれ？　これって確か毒草じゃぁなかったかしら？」

「ええ、そのまま使った場合は猛毒になるのですけど、上手くすると薬にもなる薬草なんです。毒のままだとしても、それはそれで使いみちがありますし……お願いします」

「了解、そういえばシャロンは、異界迷宮で毒の方も使っているんだったわね……。実際どうなの？　異界迷宮の中に居る小鬼に毒の効果の程は」

「効果てきめんでした、確かにあの小鬼は生き物ではないようなのですが、その在り方と言いますか、呼吸をしている様、血が巡っている様から見ても生き物とほぼ変わらない存在と言って良いかと思います」

「なるほど……ちなみにシャロンの毒って、他にどんな材料を————」

そんな二人の会話に俺とポチは、桜も見ねぇでなんて物騒な会話をしてやがるんだと同時にため息を吐く。

風流さに欠けるというかなんというか……これも花より団子ということになるのだろうか？

そんなことを考えて……無言のうちに視線などで内心の共有をした俺とポチは、せめて俺達だけでも散りゆく桜を楽しんでやろうと、そちらに意識を向ける。

青空に舞う桜吹雪という、美しいものと言えばこれだろうという光景を堪能し、そうやってしばしの時を過ごしていると……何やら筆談をしていたらしいネイとシャロンが何を企んでいるのか、俺達に気付かれねぇように気配を殺し、もぞもぞと動き始める。

気配の殺し方が甘い上に、その動きをござに伝えてしまっている為、ばればれで全く何をしているのかと呆れていると、俺の頭上まで膝をすりながら移動してきたネイが声をかけてくる。

「……ただお弁当を待っているというのも暇だからこっちでもお仕事をしましょうかね」

と、そう言ってネイは手を俺の頭へと伸ばしてきて……俺が抵抗したものかどうしたものかと悩んでいると、凄まじい速さでぐいと俺の頭を掴み、驚く程の力でぐいと頭を引っぱり始める。

「いだだだだ!?」

まさかの攻撃を受けた俺がそんな声を上げながら、どうにか痛さを緩めようと身体を悶えさせていると、その隙をついたとばかりにネイが動きを見せて……引っ張り上げた俺の頭の下にその膝をまるで枕にでもしているかのように差し込んでくる。

どうやらその行為は隣のポチとシャロンの間でも行われているようで……ネイの顔を見上げ、一体何の真似だときつい視線を送っていると、ネイが笑いながら言葉を返してくる。

「ほらほら、演技しなさいよ、演技。

悪い噂の払拭の為、異界迷宮に行けばモテるんだとその身で証明するのもアンタの仕事でしょ？

大人しくこの膝に頭を預けて……貴重な膝枕を貸してあげたこのアタシに深い感謝をしなさいな」

「そうそう、これも道楽の一つですよ」

シャロンまでがそんな言葉で続いてきて……俺とポチは言葉を失って唖然としてしまう。

一体こいつらは何を考えているのか……結局その膝枕が注文した出前弁当が届くその時まで半ば強制的に続けられるのだった。

「お楽しみ中に失礼します、お弁当お持ちしました」

と、そんな言葉があって、ようやく俺の頭は半ば投げ出されるような形で解放されることになった。

挙げ句の果てにいつまでも寝ているな邪魔だとまで言われてしまって……俺とポチが起き上がると、そこに重箱に入った出前弁当が広げられていく。

おむすびに若竹煮、佃煮に菜の花のおひたし。

コボルトクルミの甘辛煮に、漬物各種。

中々悪くねぇその組み合わせに感嘆の声を上げていると、人数分の竹水筒が配られて……中には冷やし茶が入っているようだ。

配達人に銭を渡して支払いを済ませて、そうしてから手を合わせて『いただきます』と声を合わせて、竹箸を手にとってまずはとおひたしからつまむ。

「うん、美味い」

春の香りに程良い塩分、振りかけられた鰹節も良い感じで……周囲に広がる笑顔を眺めながらその味を楽しんでいると、ポチでもネイでもシャロンでもねぇ、全く予想もしていなかった声が耳に飛び込んでくる。

「あらあら――！　美味しそうなお弁当ですね――!!　っていうか何気に犬界さんってお金持ちなんですかー？」

尖った耳をぴくぴくと揺らしながら弁当を覗き込んでくるそいつは、こんな所で会うとは予想もしていなかったまさかの人物、ハーフエルフの深森なにがしであった。

「……前回の異界迷宮で儲けさせて貰ったから、それなりにな、それよりも深森、お前はこんな所で何をしているんだ？」

そう俺が言葉を返すと深森は、弁当を凝視したまま言葉を返してくる。

「いえ、別に何と言う訳でもないのですけどねー、あまりにも暇で暇で暇過ぎたので桜を見ながらの散歩でもしようかと思ってここまで来たんですがー、そしたら聞き馴染みの声が聞こえてきたものですからー、ご挨拶でもと思いましてー……」

「……そうか……挨拶ならもう済んだだろう？」

どうにも苦手なそのハーフエルフに対し、そんな言葉を叩きつける……が、深森は器用にそれを受け流してしまう。

「えぇ、挨拶は済みました、ですのでここからは本題に入りたいと思いますー。

……依頼！　依頼についてが本題です!!

犬界さん!!　ワタシを異界迷宮に連れていけって、そういう依頼を上様からお受けになったのでしょう？

だのにどうして、どうして一向にワタシを異界迷宮に連れていってくれないんですか!!

ワタシはもう毎日毎日、いつ異界迷宮に行けるのか、いつになったら調査が出来るのかと、それこそ一日千秋の想いでお待ちしていたというのに、それをいけずな犬界さんは、何日も何日も放置した挙げ句、こんな所で想い人と逢瀬をしているだなんて、それはもう許せません！　許せませんよー！

だからこうして邪魔しに来た訳ですが、コレに関しては犬界さんの方が悪いので、抗議に関しては受け付けませんよ！」

凄まじい勢いでそう言った深森は、箸も持たずに素手で重箱の中身をつまもうとするが、それはネイの手にぺしんと叩かれたことにより阻止される。

少しくらい良いじゃないですかと、そんな視線をネイに送る深森に……深森の怒濤の如くの言葉をどうにか理解した俺は……いちいち反論するのが面倒で短めに、

「そうか、よく分かった、分かったからさっさと帰れ」

との言葉を返す。

すると深森はこちらを向いて頬いっぱいに空気を溜め込み、それをぶーぶーと吹き出してから語気を強めてくる。

「帰れと言われて帰るくらいならわざわざこんなことを言いに来たりはしませんよー！

帰って欲しいなら確約です！　確約が欲しいです！

いついつに異界迷宮に連れてってくれると、そう約束してください！

上様からはあくまで犬界さんの判断を待てと、そう言いつかっていますが！　ワタシはそこまで我慢の出来る子じゃないのでー！　はっきりとした確約が貰えるまでは駄々をこね続けますよ！」

幕府の職員のそれとは思えねぇ……大人のそれとすら思えねぇ発言をなんとも堂々とした態度で吐き出した深森に、俺は頭痛を覚えながらため息を吐き出し……そうしてから言葉を返す。

「上様からのご依頼だ、無視をするつもりなど最初からねぇし、いずれ時が来たら声をかける、それまで大人しく待っていれば良いだろう」

「いーやーでーすー！

いつになるかも分からないのを、今日かな、それとも明日かなってずっと待ってるのは嫌なんですー――！」

「そこなおなごよ、せっかくの春日和にそんな風に我儘を言うものではないよ」

俺の言葉に深森がそう返し、そしてそんな深森に突然現れた誰かがそう返し……一体何者だと首を傾げながらその誰かへと視線をやると……その誰かは更に言葉を続けてくる。

「……む、この弁当の見栄えの良さ、犬界にしては随分と奮発したではないか」

その声はとてもよく聞き慣れたもので……その声の主が誰であるかに気付いた俺がぎょっとし、次にポチとシャロンがその鼻で嗅ぎつけたのか愕然とする。

いつの間にか俺達のすぐ側に立っていた一人の男。

上等な生地の葵色の着流しに、普段は束ねない長い髪をしっかりと縛り、尻尾のように揺らす、見慣れた顔をしたあのお方。

「……う、上様、ここで何を……」

俺がそんな風に声を振り絞ると、それでようやく気付いたのかネイと深森が物凄い表情をし……そんな一同の視線を一身に受けたそのお方は、豪快に笑いながら言葉を返してくる。

「はっはっはっは!! 誰と勘違いしているのかは知らないが、拙は貧乏旗本の三男坊。

……そうだな、新さんとでも呼んでおけ。

今日はたまたまなんとも愉快そうな宴席を見かけてな、混ぜてもらおうとやってきたって訳だが……美味そうな食い物がこれだけあるんだ、拙のような小男が一人増えたって別に問題は無いだろう?」

なんとも返事に困るその言葉に、俺達が何も言えずに唸っていると、自称新さんは未開封の竹水筒へと手を伸ばし、封を乱暴に開き、口をつけてぐっとあおり飲む。

「……あー……その、帰ってくださいとまでは言いませんので、程々でお願いしますよ」

そんな上様……ではなく新さんにそう返した俺は立ち上がって……商人達の下へと足を進める。

そうして追加の出前弁当と、それと恐らくは新さんが欲するだろうからと上等な酒を注文してから、ござへと戻り、今日は長い一日になりそうだなと、そんなことを考えながら諦めの境地に至る。

そうして俺がため息を吐き出す中、ネイは上様じゃなくて新さんなら良いかと開き直り、ポチとシャロンも気にしても仕方ないかと気にしないことにし、そもそも気にする性格でもない深森は全く気にした様子もなく盛り上がり……新さんもまた盛り上がっていく。

追加の出前と酒が届いたならその盛り上がりは一段と激しいものとなっていって……ネイもポチもシャロンも……深森も新さんも大盛り上がりとなっていく。

「謎をですねぇ！　絶対に解いてみせますよぉ！　異界迷宮とは何か！　異界とは何か!!　そうして一族の悲願をですねぇ！　叶えるんですよぉ!!

だから犬界さん達も協力お願いしますよぉー!!」

「うむ！　拙もこの穏やかな日々を……こんな風に美味い飯を食って美味い酒を飲んで、能天気に楽しめる日々を世界の全てでだけでなく、異界にまで届けんがために励まないとだなぁ!!」

酒が入り顔を赤らめ、良い具合に出来上がった深森と新さんがそんなことを口にすると……ネイが「この機を逃すことなく商売に成功してみせる！」と続き、ポチが「僕も異界迷宮の謎全てを解き明かしますよ！」と続き……そうして一同は、お前も続いてみせろよと言わんばかりの表情で俺の方を見やってくる。

「あー……まぁ、そうだな、こんな毎日が続けられるよう、もっともっと美味い飯が食えるよう、励んでみても良いかもしれねぇな。

まだ見ぬ異界迷宮やらそこにいる魔物共やら、色々と興味も尽きねぇことだし……この大江戸みたいな、コボルトやら何やらと手を取り合う暮らしを広げて……そうして世界がどうなっていくのかってぇのも見てみてぇからな。

大江戸にコボルト、大陸に龍、南蛮に空飛ぶ馬が、当たり前に居る世界ってのも悪くなさそうだしな」

俺がそう言うと一同はにかっと笑い、酒を煽るなり弁当をつつくなりし……そうしてどんちゃんと大騒ぎをし、盛り上がっていく。

満開の桜が咲き乱れる、青空の下のその宴会は、日が沈むまで続くこととなり……そうやって十分過ぎる程の英気を養った俺達は、明日からの異界迷宮攻略の日々へと向けて気合を入れ直すのだった。

あとがき

まずはお礼の方を、この本を手にとってくださった皆様、WEBでの連載を応援してくださっている皆様。

この本を作るにあたり尽力してくださった編集部の皆様。

イラストレーターのはてなときのこさん、デザイナーさん。

本当にありがとうございました!! おかげでこうして本を出版することが出来ました!!


そしてはじめましての方ははじめまして、そうではない方はこちらでもよろしくお願いします、作者の風楼です。

この物語はなんとなしに屋久島の自然の映像を見ていた時に、ここにエルフが居たら面白いなとか、似合うな、なんてことを思いついて……じゃあドワーフは何処が似合うだろう？ と考えて、自分は新潟生まれなものですから、佐渡ヶ島かな？ なんてことを考えまして……。

なら東京は何だろう？ と更に思考を発展させまして、東京に合うファンタジーを思いつけず……じゃぁ少し時代を戻して江戸にならら何が合うかな？　と、考えた所に、犬関係で有名な徳川綱吉公のお名前がぱっと浮かんできて……綱吉公とコボルト、江戸とコボルトという組み合わせに至ったことをきっかけに生まれた物語です。

そのまま綱吉公の時代を描いても面白かったのかもしれませんが、綱吉公とコボルトと、エルフとドワーフが力を合わせて作り出した新しい大江戸、というのに惹かれた結果、この作品の世界が生まれることになりました。

そうして題名は大江戸コボルトになり、作品を書き進める中で、アース・スターノベル大賞に応募させていただくことになり、なんとも嬉しいことに奨励賞を頂いての書籍化となりました。

そういう訳でこちらの大本である『大江戸コボルト』はWEB小説として連載をしているのですが、本になるからにはもっとこうした方が良いのではないか、ああした方が良いのではないかと、あれこれ考えた結果、結構な改変が行われての別物となっています。

彼の戦い方とか、あの人の登場の仕方とか、その他諸々違っていて、そのためこの作品の続きを読もうと思ってWEB版を開くとちょっとだけ混乱してしまうかもしれません。

そんな『大江戸コボルト　－幻想冒険奇譚　江戸に降り立った犬獣人－』は楽しんでいただけたでしょうか？

物語的にはまだまだプロローグ、ゲームっぽく言えば最初のダンジョンをクリアしただけの状態で、まだまだこれからの部分や謎も多かったりします。

狼月とポチの冒険と、大江戸の美味しい食事を食べる日々もまだまだこれからが本番で、もっともっと不思議で美味しい日々が待っていて……そんな日々を見てみたいと、もっと読みたいと思っていただけたなら作者冥利に尽きるばかりです。

そして改めてと言いますか、何と言いますか、この場をお借りしてイラストレーターのはてなきのこさんへの感謝の思いを綴りたいと思います。

狼月やポチ達のことを素敵に描いてくださったことももちろんなのですが、狼月達の家の家紋や、着物の模様までもデザインしてくださって、初めてその辺りの資料を頂いた時は、え、嘘、ここまで細かく!?　とたまげたものです。

狼月のちょんまげや、皆の細かい装いや活き活きとした表情などなど、挙げ始めたらきりがない程に素敵な所が多く本当に感謝しきりでございます！

そうした素敵なお力もあって生まれたこの物語、最後まで続けられることを願って、皆様に読んで頂けることを願って、これからも尽力していく所存ですので、応援をいただければと思うばかりです。

数多くのダンジョン、ダンジョンに残された謎、最後に現れた謎の存在、その辺りのことも語りたいですし、狼月達にもっと美味しいものを食べさせたいですし……ポチとシャロンとこれから登場するであろうあの子のもふもふっぷりも描きたいですし、まだまだやりたいことでいっぱいです！

そんな想いを詰め込んだ2巻で、またお会いすることが出来ればと願って、これにてあとがきを終わらせていただきます。

２０２１年　11月　風楼

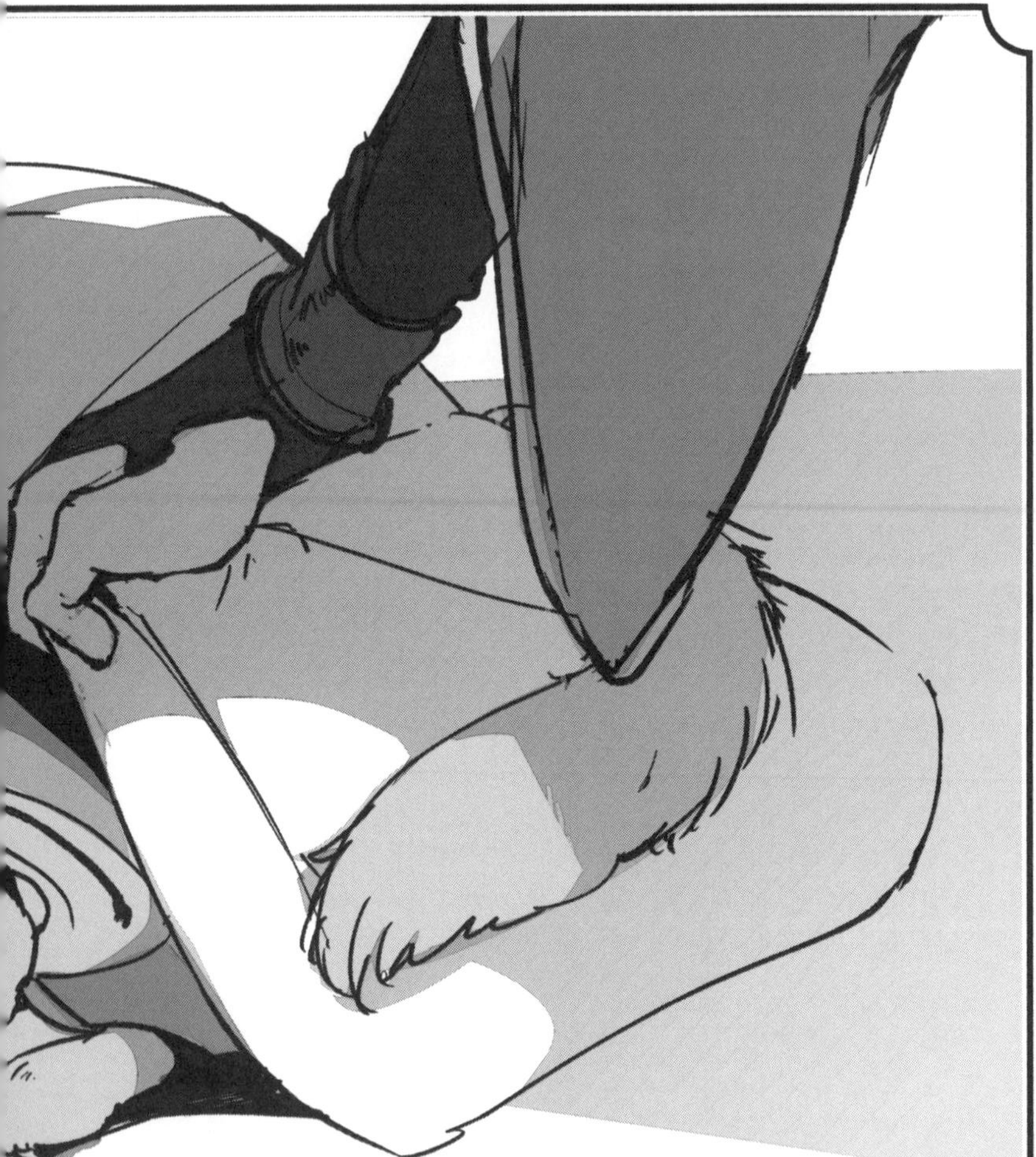

ありがとうございました！

世界へ!
ヘルモード
～やり込み好きのゲーマーは廃設定の異世界で無双する～
二度転生した少年はSランク冒険者として平穏に過ごす
～前世が賢者で英雄だったボクは来世では地味に生きる～
贅沢三昧したいのです!
転生したのに貧乏なんて許せないので、魔法で領地改革
領民0人スタートの辺境領主様
戦国小町苦労譚
毎月15日刊行!!
https://www.es-novel.jp/

ようこそ異
反逆のソウルイーター
～弱者は不要といわれて
剣聖（父）に追放
されました～
転生した大聖女は、
聖女であることをひた隠す
冒険者になりたいと
都に出て行った娘が
Sランクになってた
即死チートが
最強すぎて、
異世界のやつらがまるで
相手にならないんですが。
俺は全てを【パリイ】する
～逆勘違いの世界最強は
冒険者になりたい～
アース・スターノベル
EARTH STAR NOVEL

シリーズ累計80万部突破の大人気作!!
一〜十四巻、大好評発売中!
戦国小町《せんごくこまち》苦労譚《くろうたん》
夾竹桃
イラスト 平沢下戸
十四 工業時代の夜明け
とんかつに白色電球、ピアノまで!?
技術革新が止まらない、待望の最新刊!

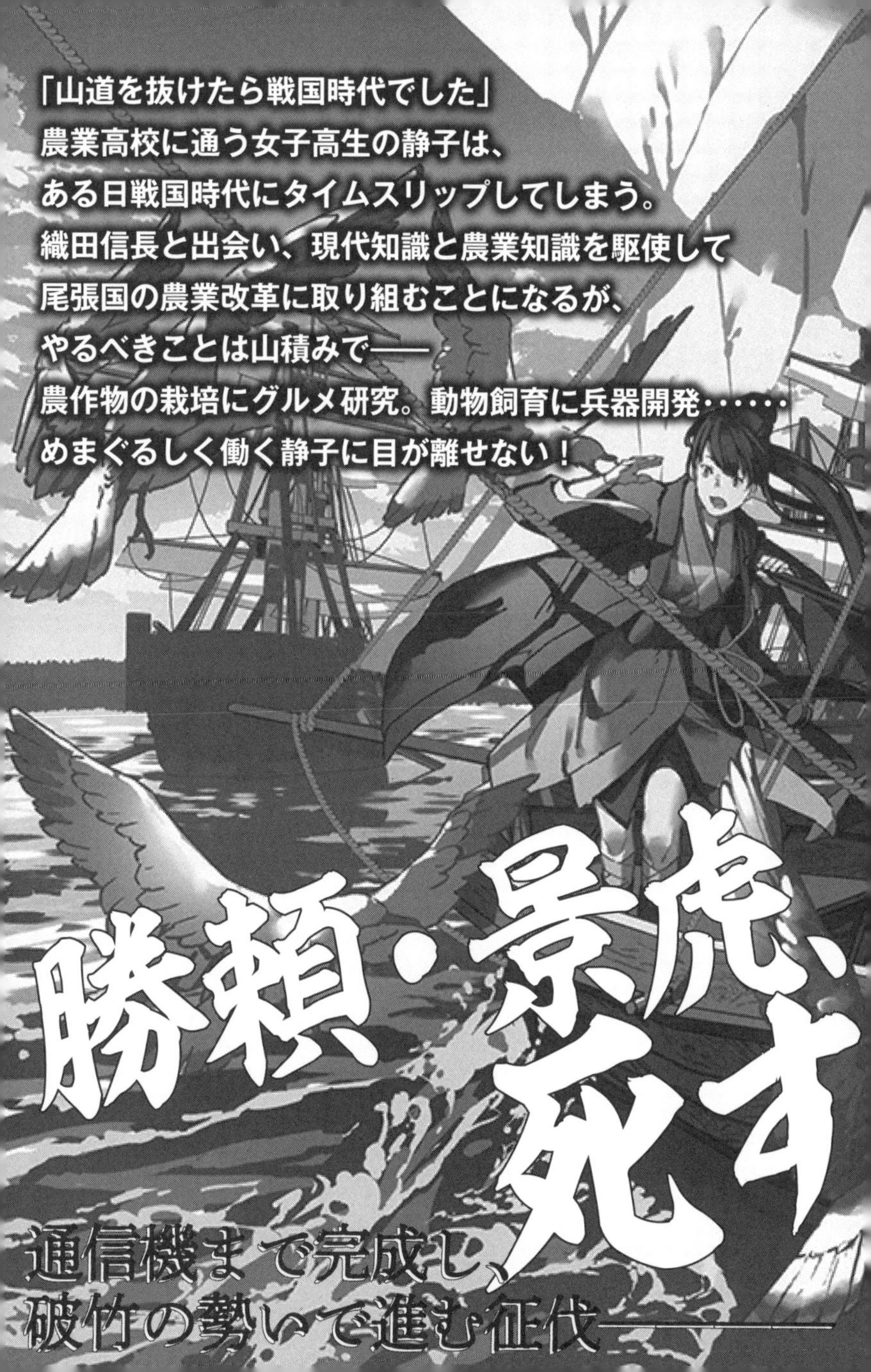
「山道を抜けたら戦国時代でした」
農業高校に通う女子高生の静子は、
ある日戦国時代にタイムスリップしてしまう。
織田信長と出会い、現代知識と農業知識を駆使して
尾張国の農業改革に取り組むことになるが、
やるべきことは山積みで——
農作物の栽培にグルメ研究。動物飼育に兵器開発……
めまぐるしく働く静子に目が離せない！
勝頼・景虎、死す
通信機まで完成し、
破竹の勢いで進む征伐——

大江戸コボルト
―幻想冒険奇譚　江戸に降り立った犬獣人―

発行 ――――――――― 2021年12月15日　初版第1刷発行

著者 ――――――――― 風楼

イラストレーター ――― はてなときのこ

装丁デザイン ―――― 石田 隆（ムシカゴグラフィクス）

発行者――――――――幕内和博

編集 ――――――――― 今井辰実

発行所 ――――――――株式会社 アース・スター エンターテイメント
〒141-0021　東京都品川区上大崎3-1-1
目黒セントラルスクエア　7F
TEL ：03-5561-7630
FAX：03-5561-7632
https://www.es-novel.jp/

印刷・製本 ――――――中央精版印刷株式会社

ISBN 978-4-8030-1591-1